SETENTA

HENRIQUE SCHNEIDER

2ª edição

SETENTA

VENCEDOR
Prêmio Paraná de Literatura 2017

Porto Alegre · São Paulo · 2024

"NÃO HÁ TORTURA NO BRASIL"

Alfredo Buzaid,

ministro da Justiça de 1969 a 1974

CAPÍTULO 1

PORTO ALEGRE
21 DE JUNHO DE 1970 - DOMINGO
UM POUCO DEPOIS DAS DEZ DA MANHÃ
INÍCIO DO INVERNO E DIA DA FINAL
DA COPA DO MUNDO

O sol, a claridade.

Esta cegueira.

Nos dias tantos em que ficara preso — não sabe quantos —, Raul pensava no sol como saudade e esperança. Tinham sido dias escuros — talvez ainda sejam —, e pensar no sol que estava lá fora, longe, em algum lugar proibido e impossível à cela sem janelas em que fora jogado, era uma maneira triste de sofrer menos e tentar não enlouquecer. Pensava no sol como algo que enxergaria já no dia seguinte — porque isso também significava acreditar que o próprio dia seguinte chegaria. O sol a ser visto num céu azul, pássaros voando em silêncio ou em algazarra de alegria, sobre uma cidade colorida ou campos verdes e vivos — paisagem de calendário, qualquer coisa diferente das paredes úmidas e sujas às quais estava confinado. O sol como símbolo, algo bom a esperá-lo quando o pesadelo do erro terminasse e ele conseguisse sair. O sol.

Este sol que agora o cegava, enquanto esfregava os olhos lentamente, tentando descobrir onde estaria.

Eles o haviam tirado do cubículo aos empurrões, descuidados de marcas e feridas, dando risadas como se estivessem em festa, e apenas tinham dito, entre gargalhadas, que havia novidade em seu caso. Levaram-no até a mesma saleta de repartição por onde havia entrado, dias atrás (quantos?), porta e janelas fechadas, e então haviam colocado nele um capuz de tecido negro, sem furos, cheiro de morte, que descia mole e quente até seu pescoço e que não permitia enxergar nada. O homem que lhe enfiara o capuz sobre a cabeça apenas dissera que nem pensasse em tirá-lo, mas era desnecessário — mãos e pernas livres, Raul estava paralisado pelo medo e pela impotência, a incerteza do que representava a novidade. Apenas ficou parado naquele escuro novo, sustentado pelas forças pequenas de seu corpo combalido, esperando por algo que não sabia o que era, até que certa mão ríspida o havia agarrado pelo braço e conduzido aos trambolhões em direção à porta.

— Tchau, cagão — ouviu alguém dizer, e todos riram.

Raul foi colocado no banco de trás de um carro e sentiu que dois homens sentavam-se ao seu lado, um à esquerda e o outro à direita. No banco da frente, outros dois homens — ele os percebeu pelo alarido excitado das vozes.

— A gente vai dar um passeiozinho contigo — disse uma voz indefinida, enquanto se escutavam os estouros do motor de um carro sendo ligado. Raul, então, deu-se conta de que era um dia frio.

— Que horas são? — animou-se a perguntar, a fala fraca, dolorida.

— Nove e pouco — respondeu uma das vozes.

— Da manhã ou da noite? — Raul encorajou-se a prosseguir.

— Da manhã. E chega de papo, malandro — respondeu a mesma voz.

Manhã, pensou Raul. Tempo de sol — e chegou a sorrir, com algum esforço, por baixo do capuz. Agora, era esperar o que iria acontecer, deixar o carro rodar sem saber para onde e abandonar-se ao conforto benfazejo daquele assento, no silêncio possível, apenas respondendo às perguntas que soubesse; e se não lhe batessem mais, seria tão melhor. Tão melhor, repetiu — e sentiu-se inteiro em dores, as chagas vivas por todo o corpo, estas chagas que doíam de um jeito diferente e que, na melhor das chances, demorariam uma eternidade para curar.

Percebeu o rumor do carro rodando, achou que talvez fosse um Opala. Gosto do Opala, pensou. Durante um tempo largo, ninguém falou nada; Raul tentou ficar sem se mexer, invisível, na esperança impossível de que nenhum dos quatro marmanjos lhe prestasse atenção. Um silêncio com jeito malvado, ar que se respirava mal pelas janelas abertas do automóvel, vento invernal castigando o capuz malcheiroso. Até que o homem à sua direita gritou:

— Puta merda, que fedor! Quem foi o porco?

Os quatro riram, mas nenhum deles assumiu.

— Então foi o comunista! — gritou o mesmo homem, divertido, enquanto dava um tapinha na cabeça de Raul. Um tapa fraco, quase uma brincadeira, mas uma brincadeira que parecia lembrá-lo que, a qualquer momento, a coisa podia ficar séria de novo.

— Comunista e peidorreiro! — adendou outro.

Comunista, pensou Raul. Comunista ele, que nunca se envolvera em política — do banco para casa e da casa para o banco, todos os dias, a rotina imutável de segunda a sexta (e pensou novamente na mãe, o pavor que a vestira nos últimos dias).

— Olha só, malandro, presta atenção — disse a voz vinda do banco do motorista. — Nós ainda não sabemos o que vamos fazer contigo. Se vamos te soltar ou te desovamos em alguma quebrada. Vamos rodar mais um pouco e aí a gente decide, entendeu? — os outros riram e Raul preferiu pensar que aquelas frases eram uma espécie de piada. Não respondeu nada, não sabia o que responder.

— Entendeu, comuna? — e o homem à sua direita deu-lhe novo tapa na cabeça, agora mais forte; já não estava brincando.

— Sim — respondeu Raul, a palavra miúda.

— Sim, o quê? — a mesma voz.

— Sim, senhor — lembrou-se Raul, outra vez humilhado.

— Ah, melhor assim! — festejou o homem. — Mas olha só, deixa eu te dizer uma coisa importante, presta bem atenção. Tá me ouvindo?

— Sim — um tapa. — Sim, senhor.

— É o seguinte. Se a gente for bonzinho, e acho que a gente é, talvez ninguém te desove por aí. Talvez a gente te solte daqui a pouco. Vamos rodar mais um pouco, dar um passeio e aproveitar o solzinho desta manhã, daí te soltamos e todo mundo vai pra casa assistir o jogo, tudo tranquilo. Entendeu?

Que jogo?, perguntou-se Raul, sem dizer nada.

— Entendi, sim, senhor — respondeu ele.

— Ô, pessoal, vamos desovar o comuna! Muito mais fácil! — gritou a outra voz que vinha do assento dianteiro, e em sua força não parecia existir qualquer brincadeira.

— Vamos ver, Raposo, vamos ver... A gente obedece ordens — respondeu aquele que parecia ser o chefe da operação. Chefe e motorista.

— Mas é só meter uns pipocos nele pelas costas e depois dizer que ele tentou fugir. Coloca isso no relatório.

— Não tem relatório, Raposo.

— Pois então é mais fácil ainda — rugiu o homem.

— Vamos ver, vamos ver... — depois, voltando sua atenção a Raul: — Mas olha só, rapaz, presta atenção no que eu vou te dizer agora. Talvez, escuta bem, talvez!, a gente te solte daqui a um tempo. E se isso acontecer, tem duas coisas que o senhor comunista precisa saber direitinho, entendeu?

— Sim, senhor.

— Isso! Muito bem! É assim que se fala! — e o homem riu, junto com outros dois, sem que Raul conseguisse escutar a risada de Raposo. — Mas é o seguinte: ainda é de manhã. Se a gente te soltar, vai ser daqui a pouco. E aí, tu vai fazer o seguinte, vai ficar dando voltas por aí e só vai aparecer na tua casa quando já for noite, entendeu? Até porque tu nem sabe em que cidade nós estamos. Mas é isso aí: só aparece na tua casa lá pelas nove da noite. Antes, não! Fica rodando, andando, comendo pipoca, contando as pedrinhas da calçada, mas não vai pra casa. Nem pensa nisso, não pensa em fazer bobagem, porque a gente vai estar te cuidando. De olho em ti, sempre. Entendeu bem?

— Sim, senhor.

— Repete aí. Que horas tu vai poder chegar em casa?

— Só às nove da noite, senhor.

— Muito bem — e o homem comentou com os outros: — Estes comunas, quando querem, até sabem entender as coisas. Então por que não colaboram, só querem saber de fazer esculhambação no país? Vai saber!... — e, virando-se, acertou um peteleco no nariz de Raul, que gemeu baixinho.

— E a outra coisa, ainda mais importante: isso que tá acontecendo nunca aconteceu! Tu nunca foi preso! Nunca! Sai direitinho, bem comportado, aí fica andando pela cidade até à noite, com todo o tempo do mundo pra pensar numa história bem boa pra explicar o teu sumiço. Inventa que quis entrar numa seita, que foi atrás de um rabo de saia, mas nada de prisão! Entendeu? Entendeu? — e o homem gritava, sem perceber.

— Entendi, sim, senhor — as palavras ainda mais sumidas de Raul; os dias na prisão o haviam ensinado que, quando a outra voz aumentasse, a sua deveria diminuir. E agora ele pensava, com certa tranquilidade, que aqueles homens iriam mesmo soltá-lo. Não fosse assim, não iriam enchê-lo de recomendações. Iriam libertá-lo daqui a pouco, adivinhou, o resto era teatro. E outra vez Raul sorriu, alegria breve e protegida pelo capuz.

— Entendeu o quê?

— Entendi que isso nunca aconteceu, senhor.

— Isso o quê, meu filho? — a ironia.

— A minha prisão.

O homem do lado direito deu-lhe um safanão no rosto.

— Como é que tu fala "a minha prisão" se a tua prisão nunca aconteceu? — e depois deu-lhe outro tapa, um pouco mais leve, quase divertido. — E este é por ter esquecido de me chamar de "senhor"...

— Desculpa, senhor — o rosto vermelho sem saber, a humilhação de olhos vendados. — Eu entendi que nunca fui preso, senhor.

— Ah, bom. Assim fica melhor. Então, vamos lá, repetindo: quais são as duas recomendações?

— Só devo chegar em casa às nove da noite, senhor. E eu nunca fui preso, senhor.

— Isso mesmo. E não te esquece: se a gente te soltar, a gente sabe direitinho onde te achar novamente. Tu vai estar solto, mas não vai. Entendeu? — e ele repetiu o que dissera, parecia orgulhoso da construção frasal.

— Sim, senhor.

— Este filho da puta não para de repetir "sim, senhor"! — gritou o homem do assento dianteiro. — Não sabe dizer outra coisa? Isso já tá me enervando! — e o homem acertou um novo soco na cabeça de Raul, que desta vez gemeu alto, soluço incontido.

— Calma, Raposo, calma! O doutor mandou ter calma! E pega leve, que hoje tem jogo!

Quem quer saber de jogo?, pensou Raul.

— Tudo bem, tudo bem — o homem do assento dianteiro pareceu acalmar-se. — Mas é que me dá raiva desses comunistas, sempre repetindo a mesma coisa...

— Claro, eu te entendo — o chefe parecia um pai contemporizando as travessuras do filho rebelde. — Mas hoje deixa pra lá, finge que nem escuta. Eu também me incomodo com essas babaquices. Se pudesse, dava umas duas ou três porradas e deu: tudo resolvido, os caras iam brincar de comunismo lá no céu. Mas não, tem regras e a gente precisa cumprir as regras. Fazer o quê? — ele suspirou, desalentado, mas logo depois pareceu se reanimar. — E hoje é festa, hoje tem jogo! Nem esquenta com bobagem de comuna, Raposo, porque hoje é dia de torcer!

— Isso aí — comentou a voz da esquerda, que até então não havia falado nada.

— Tranquilo — concordou o Raposo. — Mas eu só queria dizer que, por mim, eu apagava ele e pronto: ninguém nunca ia saber.

— Sim, Raposo, eu te entendo... mas vamos deixar assim, vamos... — e o tom do chefe ainda era o do pai contemporizador.

O carro rodou em silêncio por mais uns minutos, até que alguém resolveu ligar o rádio. A voz afinada de Roberto Carlos invadiu a viagem, enchendo os espaços e, por algum tempo, pareceu que todos prestavam apenas atenção à música.

— Que rádio é essa? — perguntou o homem da esquerda.

— Itaí — respondeu o chefe.

— Boa. Gosto do Roberto Carlos.

— Meio cabeludo demais pra mim. Mas tem umas músicas boas.

Raul já não escutava a conversa, apenas se deixava ficar, um pouco abandonado de tudo. O rodar do carro lhe trazia certo conforto desolado e, de alguma maneira e por nenhuma razão maior, agora as coisas pouco lhe importavam: se o soltassem, seria o homem mais feliz do mundo; se o desovassem em qualquer lugar, ao menos a agonia estaria terminada. Então deixava-se ficar, seguro por nada, apenas por saber que, logo ao lado, o dia estava existindo.

Até que, de repente, o motorista freou o carro.

— Vamos largar o comunista aqui.

— Mas aqui mesmo? — e os homens se olharam, sem entender o raciocínio do chefe: o lugar em que resolvera parar, depois de rodarem por quase uma hora, ficava a poucas quadras de onde haviam saído.

— Aqui, sim. Eu sei o que tou fazendo — e desligou o motor do automóvel.

— Chê, repete outra vez as recomendações.

Um silêncio — Raul não sabia se a ordem era para ele. Mas o tapa logo em seguida serviu para terminar a dúvida.

— Não ir pra casa antes das nove da noite e não esquecer que eu nunca fui preso, senhor!

— Isso aí! Agora, uma última ordem. Nós vamos te soltar agora. Conta até cem, bem devagarinho, antes de tirar o capuz. Entendeu bem? Sabe contar? Um, dois, três... até cem. Nós vamos ficar te cuidando, bem na mira. E todo mundo aqui é bom de mira. Se tirar o capuz antes de contar até cem, vai ser a última coisa que tu vai fazer na vida... Pode liberar ele, Gavião!

O homem da direita abriu a porta e puxou Raul com violência para fora do carro. Depois, com a mesma força desmedida, empurrou-o na calçada. Raul tropeçou, caiu, e assim deixou-se ficar, todas as dores do mundo; não tinha ganas de levantar-se. Tentasse se erguer e perceberia o quanto suas pernas estavam bambas.

— Até cem! — ouviu a voz daquele que era o chefe. Depois, escutou o ruído de pneus arrancando e pensou mais uma vez que o carro era mesmo um Opala. Então, pôs-se a contar, sem pressa, o medo redivivo em meio a um silêncio que desnorteava.

Contou até duzentos e então retirou o capuz lentamente, desconfiado, como se estivesse esperando novo golpe. Ainda de olhos fechados, sentado em abandono num chão desconhecido, perguntou-se, talvez pela milésima vez em todos aqueles dias, o que lhe havia acontecido e o que ainda podia lhe acontecer.

Depois, com o esforço de quem carrega uma tonelada, tentou abrir os olhos e não conseguiu.

O sol, a claridade.

Esta cegueira.

CAPÍTULO 2

PORTO ALEGRE

12 DE JUNHO DE 1970 - SEXTA-FEIRA

POR VOLTA DAS OITO DA NOITE

DIA DOS NAMORADOS

Mais de três meses depois do término do namoro, Raul ainda não conseguia pensar em Sonia sem um aperto triste no coração, sem que se perguntasse as razões sem resposta para aquele fim. Acontecera no início de março: Sonia dissera que precisavam conversar e cinco minutos depois já estava decretando o fim da relação, este namoro de um ano e meio no qual Raul estava tão imerso que talvez nem lhe percebesse as falhas. A conversa, lembra, não demorara mais que vinte minutos, tempo em que ele não entendera nada do que ela dizia — mas ainda que durasse três horas, seguiria sem entender nada. Sonia pegara as poucas mudas de roupa que mantinha no quarto de Raul, aquelas usadas nas raras vezes em que, driblando como Pelé o olhar sempre vigilante de Dona Irene, conseguiam dormir juntos na casa do namorado, e fora embora.

E então Raul não a vira mais; ela se mudara da pensão em que vivia, sem deixar endereço. Deixara tudo pago e partira com poucos adeuses. A dona da pensão desconfiava da pressa com que Sonia havia ido embora, mas pensava que ela talvez tivesse voltado para Uruguaiana.

Raul escrevera duas cartas para o endereço fronteiriço que certa vez Sonia havia lhe dado, mas não teve qualquer resposta — se ela estivesse mesmo lá, certamente já não queria falar com ele. Ou talvez até já o tivesse esquecido — a dor de saber que não fora assim tão importante.

Seguir em frente, pensava ele todos os dias, tentando não sofrer.

Mas no Dia dos Namorados, a dor era um pouco especial.

Raul saíra do banco, depois de perguntar ao gerente se ainda precisaria de alguma coisa, e uma angústia chamada Sonia lhe subiu ao peito tão logo saiu à rua e deu-se conta de que naquela sexta-feira, Dia dos Namorados, estava sozinho e sem rumo.

Por isso, decidira sair. Seria difícil ficar em casa naquela noite, pensando apenas em saudades ruins. Iria assistir a um filme no Victória, algo para distrair a tristeza, e depois tomaria umas cervejas e encheria a cara em qualquer boteco próximo. Talvez fechasse o bar neste dia solitário, pensava ele — algo que seu cotidiano sisudo e engravatado de bancário quase não permitia.

E vou sem gravata, decidiu, enquanto vestia a camisa vermelho berrante da qual Sonia tanto gostava e que ele, em seus dias burocráticos, tinha certa vergonha de usar.

Tudo foi tão rápido quanto incompreensível.

Raul recém havia dobrado a esquina e andava por uma ruela próxima à Andradas, indo para o cinema, quando o rapaz miúdo e de camisa vermelha passou por ele numa corrida desesperada, como se daquelas passadas lhe dependesse a vida, e entrou ofegante, uns poucos metros mais à frente, num botequim que parecia estar aberto nas vinte e quatro horas do dia, sempre meio vazio.

Raul ainda nem tivera o tempo de compreender o que podia significar aquela corrida, quando o Corcel dobrou a esquina da ruazinha cantando pneus, canto de ameaça. O automóvel freou logo ao lado de Raul, que estacara o passo sem saber o que estava acontecendo, e dele desceram dois homens, armados de gritos e pistolas, ao tempo em que o motorista mantinha o motor em alta. Um dos homens pegou Raul pelo pescoço e deu-lhe um safanão, outro o empurrou sem cuidado para dentro do carro, ambos despreocupados do barulho que faziam, da atenção que poderiam estar chamando. Perto da cena rápida, ninguém assistia: no bar, o homem solitário que tomava sua cerveja numa das mesinhas da rua firmou o olhar no rótulo da garrafa como se nada estivesse acontecendo; do outro lado da rua, uma janela fechou rapidamente.

— Mas o que é isso, o que é isso? — perguntou Raul, sem sequer atentar em pedir socorro, ao tempo em que levava um soco no queixo que o deixaria ainda mais zonzo.

— Cala a boca, filho da puta, e entra no carro! — gritou o homem que o empurrava.

Meu Deus, é um sequestro, pensou Raul — este pessoal que assalta banco agora começou a sequestrar bancários. Lia nos jornais, vez por outra, as notícias: grupos de subversivos que ameaçavam a ordem e o progresso do país. A mãe tinha muito medo deles. Comunistas, dizia ela, gente que não acredita em Deus. Raul não pensava nada; não entendia de política.

Mas quem eram estes homens?

— Eu sou só um bancário! — disse ele, aturdido, enquanto era sentado à força no assento traseiro do Corcel, entre os dois homens que o empurravam. — E sou caixa! Não sou nem o gerente da agência!

Os homens riram e o motorista arrancou o automóvel cantando pneus, sem olhar o retrovisor — se houvesse outro carro vindo, que parasse ou batesse, o Corcel seguiria adiante. Raul olhava de um homem ao outro, apavorado e buscando algum sinal que o ajudasse a entender aquele absurdo que lhe acontecia, enquanto estes, sem mirá-lo, davam entre si pequenos urros de satisfação, como a se dizerem que a missão estava cumprida.

— Feito! Peixe na rede! E peixe vermelho! — gritou o homem que estava à esquerda de Raul, um loiro retaco e de olhar criminoso, puxando a gola da camisa do aturdido bancário.

— Mas o que é que está acontecendo? — tentou perguntar Raul, a voz num quase choro.

— Cala a boca, eu já disse! Não te faz de bobo, que tu sabe muito bem! — ordenou o loiro.

— Não, não sei!... Eu sou só um bancário, nada mais... — repetiu Raul. A frase pareceu enervar o loiro, que acertou uma coronhada sem muita força nos dedos do prisioneiro, apenas como amostra do que poderia acontecer. Raul gritou alto, a dor repentina e fria, o susto, o medo, e depois deixou-se chorar baixinho, choro fino e desolado, em que também, finalmente, a saudade de Sonia conseguia vir à tona. Se ela não tivesse ido embora, conseguiu ele pensar em sua confusão, nada daquilo estaria acontecendo. O motorista, que até então não falara nada, olhou pelo retrovisor e ordenou-lhe que parasse de chorar:

— Quieto, bichona! Na hora de fazer bobagem é muito macho, mas agora fica fazendo fiasco!

— Mas eu não fiz nada! O que foi que eu fiz? Isso só pode ser engano! E quem são vocês? Onde vocês tão me levando? — as perguntas todas, desesperado atropelo. Raul não sabia o que pensar. Apenas sabia que sentia muito medo. Um medo e o pressentimento de que algo ruim recém começava.

— Não te faz de bobo! Ninguém nunca sabe de nada quando é pego — repetiu o loiro. — Mas fica na tua e não vai cantar nada agora. Nós nem queremos te escutar, não queremos nem ouvir tua voz! Tu só vai cantar quando for a hora, quando te mandarem. E vai cantar pra quem quer te ouvir — e soltou um pequeno grito de vitória, o som maligno. — Mas agora, não. Agora fica quietinho e nem tenta nada, que vai ser pior pra ti. Fugir, pedir socorro, não faz nada disso. Não tem nem como. E se tentar, tu sabe que a coisa só piora e o pau canta mais rápido...

Raul não pensava mesmo em fazer nada, não havia o que fazer: um brutamontes a cada lado, outro dirigindo o Corcel. Tentar algo seria suicídio. Apenas deixou-se ficar, chorando, o desespero mudo buscando ser invisível. O carro passou em frente ao Cine Victória e Raul não pôde evitar de perguntar a si mesmo qual filme estaria passando. Até que o motorista lembrou:

— Acho que é hora de colocar o chapéu no malandro — e tirou do porta-luvas do automóvel um capuz marrom, que jogou para o banco de trás com um movimento rápido. — Veste nele aí, um de vocês.

O loiro pegou o capuz, que havia caído no colo assustado de Raul, e ajeitou-o para colocá-lo na cabeça do prisioneiro. Percebendo o pavor novo nos olhos do homem ao seu lado, teve um momento breve de condescendência:

— Fica tranquilo que agora não vai te acontecer nada. Só vamos colocar este capuz em ti, tu não precisa saber o caminho do lugar pra onde tu tá indo. Não precisa e nem quer... É melhor pra ti, mesmo — e deu uma risadinha fina, talvez achando engraçado o próprio comentário, enquanto vestia sobre a cabeça de Raul aquele capuz malcheiroso.

Raul teve um engulho ao sentir o cheiro suarento e rançoso do capuz, pensando em quem ele havia sido colocado antes e em que condições: gente sangrando, espancada, chorando, quebrada, salivosa, ranhenta. Ele era apenas mais um. Mas decidira amansar seu desespero, esperar para ver o que poderia acontecer adiante e, principalmente, não chamar mais a atenção daqueles verdugos desconhecidos. Então apenas tentou fingir que o capuz não existia, o melhor era ficar em silêncio — ninguém lhe responderia qualquer pergunta. Pousou as mãos sobre as pernas e deixou-se.

Envolto naquela escuridão nova e meio escondido pelos homens ao seu lado, ele tentava adivinhar pelos movimentos do carro o caminho que percorriam. A cada curva, buscava no mapa da memória a rua em que agora estavam, mas desistiu ao perceber que o motorista percorria uma espécie de emaranhado sem outra razão que não a de desorientá-lo. O carro rodou durante meia hora, e neste tempo inteiro os homens conversaram pouco entre si, apenas um ou outro comentário que em nada possibilitava a Raul saber o que estava acontecendo. No mais das vezes, apenas escutavam o barulho do motor, os ruídos pequenos e pacatos da cidade ao redor (ninguém sabe o que está acontecendo comigo, pensou Raul). Um dos homens comentou, a certa altura, que estava doido para chegar em casa, tomar banho, perfumar-se e levar a namorada para jantar fora. Se desse tempo, disse ele, talvez comprasse umas flores. Vidas normais e fazendo aquela barbaridade, aterrorizou-se Raul, respirando o fedor antigo daquele capuz.

Quando enfim o carro parou, o loiro pegou no braço de Raul e puxou-o com violência para fora. Ele ficou de pé, conseguindo enxergar um pouco do chão escuro da garagem onde o carro havia estacionado. Depois, sentiu os tapas de dois homens a empurrá-lo e escutou outras vozes, vindas do lugar para onde o levavam. Quando tiraram o capuz que lhe cobria o olhar, Raul descobriu-se em uma saleta encardida e pouco iluminada, onde havia algumas mesas malcuidadas de escritório, arquivos de metal, duas divisórias, um ventilador de canto, um sofá puído e cinco ou seis cadeiras pretas. Instalados nos sofás e nas cadeiras, estavam outros homens. Dois deles jogavam uma partida de damas e não prestaram maior atenção; os demais, no entanto, aplaudiram com certo desprezo a entrada de Raul, forçado pelos outros três.

— Oba, chegou o peixe! — gritou um deles.

— Peixe vermelho! — respondeu o loiro, que parecia haver gostado da própria piada.

— Vermelho e encagaçado! — adendou outro.

Raul tentou olhar ao redor, para ver o que poderia significar aquela sala, mas ela não lhe dizia nada: era um compartimento impessoal, parecido à sede de alguma repartição medíocre, e que deveria ser escuro mesmo em horas ensolaradas. E quem eram aqueles homens? A que organização pertenceriam? Achou que devia perguntar, não tinha mais nada a perder. E foi o que fez, a voz mais alta do que o recomendado, todas as perguntas saindo ao mesmo tempo.

— Por favor, me digam o que é que está acontecendo? O que é que eu estou fazendo aqui? Por que vocês me sequestraram, um bancário coitado e que não tem nem a chave do cofre? E quem são vocês?

Os homens apenas se olharam entre si, irônicos, sem falar nada. Um deles, no entanto, levantou-se da cadeira em que estava, postou-se silenciosa e militarmente à frente de Raul e estapeou-lhe o rosto dos dois lados, força medida para doer pouco. Raul colocou as duas mãos nas faces, soube que nenhuma pergunta seria respondida e que seu desespero estava recém começando.

— Isso é só pra te acalmar um pouco e pra ficar sabendo que aqui tu não pergunta nada — disse o homem, e voltou à cadeira onde estava. Depois, ordenou aos outros que apenas observavam a cena: — Podem levar o homem. Tirem os sapatos dele e essa correntinha que ele tem no pescoço. Eu já vou avisar o delegado.

CAPÍTULO 3

PORTO ALEGRE

12 DE JUNHO DE 1970 - SEXTA-FEIRA

POR VOLTA DAS DEZ E MEIA DA NOITE

DIA DOS NAMORADOS

A cela era um cubículo quadrado, com pouco mais de dois metros, sem nenhuma janela, trancada por grades espessas de ferro e onde não se adivinhavam a noite e o dia. As três paredes estavam cheias de garranchos e marcas, alguns nomes e datas, pequenos desenhos e frases, feitos sabe-se lá por quem e com que instrumento. Ele olhou para cima e não viu qualquer bico de luz no teto baixo e escuro. Num dos cantos, havia um balde sujo, que Raul adivinhou em aflição a que serviria, e uma pia — vazia e ainda mais imunda. No chão úmido de cimento queimado, estava um colchonete fino e encardido. Sobre o colchonete, alguém havia disposto um cobertorzinho puído e cinzento. O cobertor estava caprichosamente dobrado, numa espécie de ironia cruel.

Era isso. Só isso.

E então Raul percebeu que não estava preso num cativeiro de sequestrado, mas numa cela de quartel, delegacia — algo assim. Quem o prendera não eram os ferozes subversivos, os guerrilheiros, os inimigos da pátria e da família a quem a mãe tanto temia. Eram os homens da polícia.

— Mas o que é que tá acontecendo? Onde eu tou? Por que me prenderam? Alguém me explica, pelo amor de Deus! — e um desespero novo tomou conta de Raul, algo incontrolável, resumo de todos os medos que haviam começado uma hora atrás e que pareciam não ter tempo para terminar. Deixou-se cair sobre o colchonete, o corpo num peso que sequer conhecia, apenas porque não sabia o que fazer. Logo depois, levantou-se num salto ágil e rápido, agarrou-se às grades e começou a gritar, cena de filme norte-americano. Um uivo, grito sem palavras, algo assim; mais adiante, voltaram-lhe as palavras, ao redor do mesmo e grande desespero.

— O que é que eu estou fazendo aqui? — Raul gritava. — Eu quero saber por que fui preso! Eu sou um cidadão que respeita a lei, que paga imposto, sou trabalhador! Eu não fiz nada de errado! E eu tenho os meus direitos! — os gritos ultrapassavam o corredor estreito e escuro em que estava localizada a cela, alcançavam certamente as salas onde os homens jogavam suas partidas de damas, comiam seus sanduíches, contavam piadas e falavam de mulheres, os pés em cima das mesas. Alguém o escutaria, alguém teria que vir, ele pensou, ao mesmo tempo em que começava também a bater com as mãos nas grades, a sacudir a porta. Depois, pegou o balde encardido que estava no fundo da cela e começou a batê-lo contra as grades, até rachá-lo. Alguém virá, alguém precisa vir, ele sabia, enquanto percebia o movimento na porta de uma das salas, a porta abrindo num sopetão, os dois homens que se aproximavam, alguém estava vindo, alguém lhe daria uma explicação.

A dupla parou em frente à porta da cela, sem palavra, e o que estava mais próximo apenas fez um sinal com a mão para que Raul se afastasse. Ele então se encostou na parede do fundo, o balde rachado e esquecido nas mãos, dando aos dois homens todo o espaço ordenado pelo gesto, e um deles procurou no molho de chaves aquela que abriria o compartimento. Girou a chave, todos num silêncio em que se escutava o barulho da fechadura e o respirar nervoso de Raul. Quando a porta se abriu, aquele que segurava o molho de chaves afastou-se e fez um sinal para que o outro, um loiro grande e de gestos perversos, entrasse.

O homem entrou e, antes que Raul tivesse o tempo de fazer nova pergunta, acertou-lhe um soco no estômago que o deixou sem respiração. Depois, num grito sem palavras, repetiu o soco. Raul dobrou-se em si mesmo, dor aguda e impensada, e nesta hora recebeu um tapa no rosto, com as costas da mão, cuja intenção era apenas humilhar. Então caiu sem dizer nada, surpresa e agonia, enquanto o homem permanecia em guarda, músculos rígidos e todo em espera, como o boxeador que acompanha o nocaute do vencido. Quando Raul tocou inteiramente o chão e seguiu se contorcendo, vestido em sofrimento, o homem chutou-o levemente com a ponta do Vulcabrás, como se apenas verificasse um bicho morto, e só então relaxou, respiração ainda em suspenso.

— Cala a tua boa, comunista de merda! — ele disse, cuspindo naquele corpo vencido.

— Eu não sou comunista... — gemeu ele, baixinho.

— Cala a boca! — o outro repetiu, enquanto desferia novo pontapé em Raul, força agora redobrada. Depois, agachou-se ao lado de onde o bancário se revolvia em dores e colocou o dedo eriçado em frente à própria boca. — E agora, vamos combinar uma coisa: nem mais um pio até amanhã de manhã. Ninguém aqui quer ouvir a tua voz nem pra pedir água, entendeu? Fica quietinho, até o chefe chegar e ver o que é que a gente vai fazer contigo. Quietinho, entendeu? Nenhuma palavra a mais, certo? Porque senão a tua noite vai virar um inferno.

Raul apenas arregalou os olhos no meio daquele pesadelo; mesmo que quisesse, não conseguiria falar, tanta a aflição. E de que maneira a noite poderia ser um inferno maior do que aquilo? Apenas largou o próprio corpo, encolhido no chão úmido e escuro da cela, esfregando a barriga e tentando recuperar a respiração, buscando articular algum equilíbrio nesta tragédia dupla em que seu Dia dos Namorados havia se transformado, e tentando tranquilizar-se de algum modo — quando a manhã chegasse, todo aquele erro seria esclarecido. Os homens saberiam que era tudo um engano, que Raul não era a pessoa que eles pensavam, que era o homem errado, que aqueles socos e pontapés tinham sido um equívoco e então o deixariam ir, claro que sim. E Raul sairia sem saber o que havia acontecido — e sem querer saber —, pronto para esquecer todos os minutos daquele sonho ruim.

Ele obedeceria a ordem, não falaria mais nada enquanto não chegasse o dia, atravessaria em silêncio e peso a dor desta madrugada. Então conseguiu fixar seus olhos nos olhos maus do boxeador à sua frente e fez-lhe com a cabeça um sinal de assentimento. Um segundo depois, no entanto, deu-se conta da sede insana que sentia.

— Não vou falar mais nada, não vou falar mais nada. — disse ele. — Mas me dá um copo de água, por favor.

Com o queixo, o homem apontou a pia e o balde rachado no fundo da cela.

— Tem água ali no fundo, bebe quanto tu quiser. E teu banheiro também tá ali no fundo. Mas tu é trouxa, rachou o banheiro batendo com ele contra a grade, fazendo fiasco e gritando que nem uma guriazinha. Agora te vira com o teu banheiro rachado! — comandou, raivoso.

Depois não disse mais nada, apenas ameaçou novo soco em Raul, como se lhe fosse difícil conter a raiva. Então saiu da cela e afastou-se em passos ferozes pelo corredor. Quando já estava longe, Raul escutou o seu bufar repetido, a voz toda um desprezo:

— Comunista de merda!

O outro homem permaneceu uns segundos olhando o corpo estendido e exangue de Raul; depois, como se fechasse a porta de um escritório, procurou a chave da cela. Colocou-a na fechadura e, enquanto trancava a porta, assoviou uma musiquinha de Dom e Ravel que o

Brasil inteiro estava cantando. Depois de certificar-se de que a cela estava mesmo fechada, ficou ainda um tempo assoviando e olhando para aquela massa deitada no chão. Quando terminou de assoviar, decidiu chamar Raul:

— Psiu, ô meu!

O prisioneiro ergueu brevemente o pescoço, sem falar nada.

— Amanhã, quando o chefe chegar, despeja logo o que tu sabe. Não tenta dar uma de herói porque a gente já viu que tu é bagrinho. Fala o que tu sabe e sem demora tu tá liberado. É simples — e ele esperou um pouco antes de continuar: — Mas se tu não falar, a coisa pode ficar difícil pra ti. Isso aqui foi só uma amostra. Acho que tu já entendeu o que eu quero dizer. Então, meu, conta logo que vai ser melhor...

O homem fez uma pausa e olhou para os lados antes de concluir, como se buscasse certificar-se de que estava sozinho:

— Só tou falando isso porque sou teu amigo.

CAPÍTULO 4

PORTO ALEGRE

15 DE JUNHO DE 1970 - SEGUNDA-FEIRA

SETE DA MANHÃ

NA DELEGACIA DE POLÍCIA

Bom dia, seu policial, bom dia. O senhor me desculpe eu ir entrando assim, não sei se precisa pegar ficha e aguardar a chamada, mas é que não consegui esperar. É a primeira vez que entro numa delegacia e já esperei todo o fim de semana. Desde sexta-feira, imagine. E, além disso, estou desesperada. Desculpe eu chorar enquanto falo. O senhor me escute, por favor. Meu nome é Irene e quero registrar um desaparecimento. O desaparecimento do meu filho. O nome dele é Raul. Raul dos Santos Figueira. O meu filho. Ele tem vinte e cinco anos, o aniversário dele é no dia 21 de dezembro. Tenho aqui na bolsa uma fotografia dele, mais ou menos recente, o senhor veja. Ele agora está um pouco mais gordo do que no retrato, trabalha num banco e se exercita pouco, come mal, essas coisas. Mas a foto está boa, fora os quilos a menos. Ai, meu filho, tão lindo, veja o senhor. E é filho único, eu sou viúva e criei o Raul sozinha, ele é o meu tesouro maior, na verdade é o meu único tesouro, e se algo acontecer a ele eu nem sei o que vai ser de mim. Melhor morrer. De novo eu lhe peço que desculpe eu estar chorando, mas me entenda. Me entenda. E vou tentar ser mais objetiva, não vou ficar tomando o seu tempo dizendo como o meu filho é bom, como é calmo e obediente, como é o melhor filho do mundo. Mas ele é. Nunca me deu incomodação. Nem essas coisas de criança, briga na rua, na escola. Nada. Ele sempre teve nota boa, o boletim sempre azul. Mas me escute, por favor, e me chame a atenção se eu falar demais. E se eu chorar demais, também — mas não consigo não chorar. Olhe só: meu filho saiu de casa na última sexta-feira à noite e não voltou mais. O fim de semana inteirinho sem aparecer e sem dar notícias, isso nunca tinha acontecido. O Raul não passa uma noite fora de casa. Se isso aconteceu, foi uma ou duas vezes na vida, e ele sempre deu um jeito de avisar. Telefonava para a casa da vizinha e ela me passava o recado. Mas agora não, e eu estou desesperada! Nenhum telefonema, nenhum aviso, recado. Esse silêncio não pode ser coisa boa — Deus que me perdoe pensar assim! Mas voltando ao assunto. Ele saiu na sexta-feira à noite, dizendo que ia ao cinema e que depois talvez fosse beber uma cerveja com algum amigo, mas que não voltaria tarde. Ele me pediu que eu não o esperasse acordada, como sempre, mesmo sabendo que isso é uma coisa impossível de atender: coração de mãe não descansa enquanto o filho não chega. Achei que ele não fosse mesmo demorar, porque é um guri tímido, não tem muitos amigos. E depois, quando começou a namorar, ficou meio distante dos poucos amigos que tinha. Que tinha, não: dos amigos que tem! Não gostei muito quando isso aconteceu, alertei o Raul, mas ele não me deu bola. Desculpe eu estar falando tanto, mas é que quando estou muito ansiada eu falo, falo, falo. E falar no Raul é uma forma de parecer que ele está pertinho e que esse sumiço é só um pesadelo que logo acaba ou algo parecido. E desculpe eu estar chorando. Mas olhe. Ele saiu na sexta-feira, ia ao cinema e estava vestindo uma camisa vermelha berrante que eu acho horrorosa, uma calça brim coringa e uns tênis Bamba. O cabelo é curto, sempre cortou do mesmo jeito. Não tem nenhum sinal mais marcante, mas estava usando uma correntinha com a imagem de Nossa Senhora Aparecida, que ele não tira nunca do pescoço. É devoto da Nossa Senhora, diz que ela o protege. Ai, meu filho, tão lindo. Que Nossa Senhora Aparecida esteja de mãos dadas com ele agora. Ele saiu de casa a pé, o cinema não é muito longe, e eu claro que não dormi. Fiquei esperando, cochilando um pouquinho de olhos abertos, mas dormir, não. Lá pelas duas da madrugada, eu já estava preocupada, tinha ido algumas vezes ao quarto do Raul para saber se ele não havia chegado em casa no meio de algum cochilo meu, mas nada. O tempo passando e nada do Raul chegar. Àquela altura, três, quatro, cinco, seis, sete da manhã, eu já estava desesperada, bem como estou agora, e só conseguia pensar em coisas ruins. Me desculpe se choro muito, mas o senhor me entende. Ai, meu filho. Na primeira hora do sábado, vim aqui na delegacia, mas ela estava fechada. A plaquinha dizia o horário de funcionamento, iria abrir só na segunda-feira — e aqui estou, na primeira hora, cheguei uma hora atrás. Mas no sábado fui até outra delegacia, que estava aberta, e me trataram muito mal, não foram atenciosos como o senhor está sendo agora. O policial que me atendeu disse que não podiam fazer nada, tinham que esperar um tempo para registrar o desaparecimento e que o prazo ainda não havia passado. Depois, ainda insinuou que o meu filho poderia estar na farra. Ele não conhece meu filho, não podia ter falado o que falou. Mas foi pior do que isso! Me olhou com um olhar malvado e me perguntou, sem rodeios, se meu filho não podia estar envolvido com os comunistas, estes baderneiros que andam apavorando o país. Deus nos livre, inspetor! — e nem pense o senhor nisso também. O Raul não se mete com política, com baderna e nem com nada de esquisito. A vida do meu filho é de casa para o trabalho e do trabalho para casa. Um filho de ouro, o Raul. Ai, meu filho, meu filho, onde andará por estas horas? Será que tem fome, tem frio, tem sede? Seu policial, o senhor precisa me ajudar a encontrar meu filho! Não sei a quem pedir, não sei onde procurar. No fim de semana, corri por todos os amigos do Raul que eu conhecia, fui na casa de todos, mas ninguém sabia nada. Fui na casa da minha vizinha e de lá telefonei para todos os hospitais de Porto Alegre, mas nada. Até para hospitais de outras cidades mais próximas eu liguei, Viamão, Canoas, Esteio, Sapucaia, São

Leopoldo, Novo Hamburgo. O senhor imagine o meu desespero, o que é que meu filho iria fazer em Novo Hamburgo, onde não conhece ninguém? A conta do telefone da minha vizinha vai estar enorme este mês, mas ela disse que eu nem me preocupasse com essas bobagens, o importante é encontrar o Raul. Toda a vizinhança gosta de meu filho, um menino de ouro. Até para o necrotério eu telefonei, o senhor imagine o desespero de uma mãe chegar a este ponto, e com a graça de Deus Nosso Senhor ele também não está lá. Mas onde está o meu filho, doutor? Desculpe eu ficar repetindo esta pergunta o tempo inteiro, e desculpe também por estar chorando, mas é que eu não consigo parar. Onde, o meu Raul? Cheguei a pensar que ele havia ido atrás de uma ex-namorada, uma moça chamada Sonia, que eu acho que o Raul ainda gosta dela. A primeira namorada mais séria, o senhor entende. Eu, para dizer bem a verdade, não gostava muito dela, meio moderna demais para o meu gosto, calça comprida, fumando cigarro, flor na cabeça. O senhor deve conhecer o tipo. Pois o Raul não comenta estas coisas comigo, mas percebi que ficou bem tristonho depois que eles brigaram, meio jururu, disfarçando a tristeza — olho de mãe não se engana. Mas depois achei que não podia ser, porque senão isso teria acontecido logo depois que eles brigaram e agora já faz um tempinho. Uns meses que estão separados, meu filho e a namorada. O tempo cura as dores do amor. Além disso, a moça é de uma cidade bem distante, na fronteira, não sei se é Uruguaiana, Bagé, Livramento, uma dessas, e parece que ela voltou para lá. A viagem é longa e demorada e meu filho é muito caseiro, não faria isso sem me avisar. E mais do que caseiro, não é dado a esse tipo de rompantes: separou, separou, muito bem, não vai ele ficar desesperado correndo atrás do que já passou. Olhe a foto, doutor, veja se o olhar não é de alguém pacato, tranquilo, que não se mete em confusão. Por isso eu tenho certeza de que não é para aqueles lados que o Raul está — mas se puderem avisar a delegacia de lá, acho que é mesmo Uruguaiana, melhor avisar Bagé e Livramento também. Mas, na verdade, tenho a certeza de que ele está por aqui, o meu filho, em algum lugar de Porto Alegre. E eu preciso, por favor, que a polícia me ajude a encontrá-lo. Estou desesperada, já lhe disse. Ele é o meu único filho, não sei se lhe comentei. Pode ter sofrido uma perda de memória, uma amnésia — é como se diz, não é? Essas coisas às vezes acontecem, de repente pode ser isso. Talvez o Raul esteja vagando perdido pela cidade. A mesma cidade onde nasceu e onde sempre morou. Raul dos Santos Figueira, o nome dele. Vinte e cinco anos de idade, faz vinte e seis em dezembro. Um pouquinho mais gordo do que no retrato. Deixo a foto aqui na delegacia e depois os senhores me devolvem? Pode ser assim? Para tirar cópias e espalhá-las pela cidade. Eu tenho a certeza de que nós vamos encontrar o meu filho e, com a graça de Deus Nosso Senhor, ele vai estar bem. Deus não vai permitir que aconteça qualquer desgraça com meu filho. Porque, se alguma coisa acontecer, a desgraça é minha. Se não tenho meu filho, não me sobra mais nada. Melhor morrer. Ai, meu filho! Desculpe, doutor, desculpe eu estar chorando tanto.

CAPÍTULO 5

PORTO ALEGRE

21 DE JUNHO DE 1970 - DOMINGO

ONZE E MEIA DA MANHÃ

DIA DA FINAL DA COPA DO MUNDO

O sol, a claridade.

Esta cegueira.

Raul foi abrindo os olhos e a primeira coisa que viu foi a si mesmo, ainda descomposto por tudo, mas pronto para a alegria de algum recomeço, segurando nas mãos o capuz seborrento que, por nenhuma razão, lhe haviam deixado. Abriu os olhos com vagar, um pouco porque o brilho daquele sol matinal lhe feria as vistas que apenas haviam enxergado trevas nos últimos tempos, outro tanto para aproveitar aos poucos aquela delícia cotidiana à qual nunca antes prestara atenção. Olhou primeiro para baixo, depois subiu lentamente o olhar, como a certificar-se de que estava inteiro por ali, naquela rua e naquela cidade desconhecidas, e foi uma alegria meio insana perceber-se todo, que sim, que ainda que lhe doesse o corpo e as pancadas e os choques e a estupefação ainda estivessem ali e talvez nunca passassem, o fato é que estava vivo de novo, que a morte que lhe haviam trazido nestes dias de tormento havia ido embora.

E então chorou.

Sentou-se no meio-fio e deixou que o choro viesse em golfos, grato por aquela manhã e aturdido por certa maldade oficial, aquele inferno com nome proibido em que, sem explicação, lhe haviam transformado os dias. Por que tinham feito aquilo, por que tanta dor e humilhação, por que aquelas torturas incrustadas para sempre em seu corpo e em sua alma? Chorou por alguns minutos, sentado e despreocupado de que algum passante estranhasse, e depois rezou, agradecendo à Nossa Senhora Aparecida o fato de estar vivo. Só aí deu-se conta de que não lhe haviam devolvido a correntinha. Aqueles monstros.

Depois de rezar, permaneceu um tempo sentado no cordão da calçada, olhando a cidade nova que lhe aparecia. Olhou para os lados e, sim, o lugar se assemelhava à mesma Porto Alegre de onde, dias atrás, o haviam sequestrado. Uma rua calma, de prédios tranquilos e casas de classe média, bem cuidadas, as árvores ensombrando com placidez o caminho, carros estacionados, um ou outro jardim florido, tico-ticos e pardais fazendo alarido na manhã azulada do dia — meu Deus, pensou ele, ninguém aqui nesta rua sabe o quanto eu sofri! E quantos outros estarão como eu, a esmo e sem esperança, enquanto os medianos, olhos fechados e ignorantes, fazem suas compras e vão ao trabalho e leem as notícias do jornal e dão risadas e torcem por seus times e fazem suas orações e passeiam os cachorros na claridade falsa dos dias, sem saber dos gritos que acontecem nos porões próximos? Esta vida calma, o que saberá?

Uma senhora se aproximava, carregando um saco de papelão, com compras do mercado. Vinha distraída, talvez já elaborando o cardápio do almoço tardio de domingo, passos de quem não pensa em nada muito sério. Não enxergava Raul; ou, se o enxergasse, isso não era suficiente para que lhe prestasse qualquer atenção.

Raul levantou-se num salto que lhe permitiam as dores, um pouco para pedir informação e outro tanto porque a cena da mulher comum se aproximando teve a força de emocioná-lo. Mas o pulo de Raul fez com que a senhora se assustasse e ela, sem perceber, apertou contra o peito o saco de compras que carregava.

— Bom dia, senhora. A senhora podia...

— Não tenho trocado! — a mulher disparou, como se o homem à frente fosse uma ameaça repentina e o corte dessas palavras pudesse fazê-la desaparecer. Ela olhou-o de cima a baixo, olhar cheio de asco e medo momentâneos, fixando o olhar no capuz que Raul ainda carregava sem perceber, e ele pôde então compreender a miséria de sua figura.

— Não! Eu só queria...

— Não tenho trocado, eu já disse! E não chega perto, que eu chamo a polícia!

A polícia, pensou Raul, a polícia acabou de me soltar. Foi ela que me colocou neste estado que agora a assusta tanto, madame. Foi ela que me colocou este capuz que, pendurado em minhas mãos, agora a amedronta. Foi ela que me deixou estas marcas que não sei quando irão sair e agora a apavoram. Mas não disse nada: o que entenderia a mulher? E se eles o estivessem olhando? E se a mulher fosse uma deles? — ai, a tristeza da desconfiança instalada em sua vida para não sair.

— Desculpa, dona. Só ia lhe pedir uma informação, mas não precisa.

E mais não disse, apenas deixando à mulher que se fosse, em passos assustados que mais pareciam corrida, carregando nas mãos a tranquilidade interrompida do almoço.

Raul então olhou para si mesmo com maior atenção e, de alguma forma, deu razão ao medo da mulher: sua figura era a de um espantalho triste e, mesmo que seus gestos não fossem ameaçadores, o cheiro da prisão e as roupas encardidas, a palidez doentia e amarelada, os cabelos sujos e a barba por fazer, o olhar ainda assustado de tudo — claro, isso era suficiente para amedrontar.

Buscou ajeitar-se um pouco, alisar com as mãos fracas a camisa e a calça, e então lembrou de verificar se lhe haviam devolvido o dinheiro e os documentos. Buscou a carteira no bolso e examinou: estavam lá a carteirinha de sócio do Internacional e a identidade, foto limpa e serena, a barba feita e os cabelos bem penteados de quem acredita nas instituições, na ordem e no progresso. Também lhe haviam deixado o dinheiro que carregava naquela sexta-feira de séculos atrás, para ir ao cinema, tomar umas cervejas e tentar não se lembrar de Sonia. Só a correntinha não haviam devolvido.

Olhou para o capuz, ainda esquecido em suas mãos, e de repente teve um nojo tão grande daquele trapo malcheiroso que precisou segurar a súbita ânsia de vômito. Atirou-o ao chão e esfregou as mãos nas calças, tentando limpar aquela sujeira invisível, enquanto com o pé empurrava o capuz de encontro ao meio-fio, como se aqueles empurrões tivessem o poder de escondê-lo, de fazer com que deixasse de existir.

Depois, ânsia acalmada, resolveu andar um pouco, a ver se as pernas aguentavam caminhar por um espaço maior do que a celinha minúscula em que o haviam trancafiado e que, numa ironia sem pudor, seus carcereiros diziam ser um lar. Aproveita a moleza, mandavam eles, nas vezes em que Raul jazia estendido no colchonete ou no chão úmido depois de uma série de bordoadas.

Até porque precisava gastar o tempo. Porque os homens haviam dito que o estavam controlando.

Controlando, assustou-se Raul, subitamente desperto dessa situação. Aqueles homens lhe controlariam os passos, os movimentos. Por quanto tempo, por onde? E o que havia feito para que quisessem controlá-lo?

Buscou ao redor, temor novo em seus olhos. Esse medo eterno que lhe haviam plantado. Estariam escondidos por trás de algum muro? Observando-o da janela de qualquer desses apartamentos, cortinas brancas ou floridas escondendo a maldade? Olhando-o em atalaia do sótão de um casarão? Espreitando-o de longe, tocaiados nas esquinas? Seguindo-o, disfarçados? (A mulher com o saco de compras!) Vigiando-o de dentro de um carro, prontos para segui-lo em seu caminho perdido?

Um robô maligno e fantasiado de pássaro, de árvore, de rua, de poste, de sombra?

O medo.

E como estaria a mãe?, pensou ele, ainda mais alarmado. Será que lhe haviam feito algo? Em que aflição ela estaria, mãe que nunca o vira sair de casa sem voltar e que às vezes ainda o esperava acordada? O quanto lhe estaria doendo o coração, quantos novos vincos lhe sulcariam o rosto? Raul sofrera em dobro, neste tempo em que estivera preso: por ele mesmo e pela mãe.

Então lembrou-se que lhe haviam ordenado que só fosse para casa à noite, mas não o haviam proibido de telefonar. Tinha na carteira o número do telefone da vizinha e sabia que ela correria à sua casa, de bom grado e até emocionada, se ligasse e lhe pedisse para avisar a sua mãe que ele estava bem. Apenas isso, pensou: um telefonema de alguns segundos, somente para dizer que estava bem. Procurou na carteira, o papelucho estava lá. Raul sorriu: eles haviam devolvido o papel, pequenos detalhes se recompondo; talvez a vida ainda pudesse, depois de tudo, voltar a ser normal, e sua liberdade conseguisse ser plena. Brincou com o papel entre as mãos, enrolando-o e desenrolando-o, apenas para sentir-se a fazer algo pela própria vontade, enquanto repetia baixinho, para si mesmo e sem perceber, a palavra "liberdade". Preciso encontrar um telefone, pensou, e começou a andar em direção a umas caixas expostas na calçada, na quadra seguinte, e que pareciam as frutas de um mercadinho. Mas deu uns poucos passos e parou, estes agulhaços de medo que, de repente, lhe avisavam que não, que a vida não voltaria a ser normal assim tão facilmente. Os homens com certeza sabiam do telefone da vizinha, sabiam onde ele morava, sabiam de sua mãe, sabiam de sua vida inteira, sabiam até que ele era inocente — saberiam então que ele havia ligado. Telefonar dizendo que estava bem não era muito diferente de chegar em casa dizendo que estava bem; para os homens que o haviam torturado, talvez fosse mesmo a mesma coisa. Se ligasse agora, era possível que voltassem, nem que fosse apenas por voltar. Um pesadelo sem dia ou noite, pensou Raul, enquanto guardava o papelzinho na carteira — a liberdade incompleta.

Sentou-se de novo no meio-fio da calçada, o corpo em chagas, e olhou em volta. Era Porto Alegre, sim, mas seus olhos desacostumados de luz ainda pediam confirmação. Estou perdido, disse para si mesmo.

Passava um rapaz assoviando, mais ou menos da mesma idade de Raul, de camiseta, calça de brim e tênis Bamba, um jeito sem compromisso. Este não teria medo. Raul levantou-se com dificuldade e tentando não parecer miserável, enquanto o outro ainda se aproximava:

— Bom dia, amigo! Por gentileza, pode me dizer se esta cidade é Porto Alegre?

O homem olhou Raul com alguma estranheza, como se não houvesse entendido bem a pergunta:

— Porto Alegre? — ele perguntou, a certificar-se.

— Sim. É que estou meio perdido. Esta cidade é Porto Alegre?

O outro então deu uma risada antes de responder:

— Sim, claro! É Porto Alegre, sim. Bairro Bom Fim!

— Obrigado — depois, rememorando (os dias de prisão o haviam desarticulado em tudo): — Então estou perto da Osvaldo Aranha?

— Sim. Dobra à esquerda em qualquer destas ruas, depois segue sempre reto. Logo umas quadras adiante é a Osvaldo Aranha — aí, deu nova risada. — Mas tá perdido mesmo, hein, meu chapa?

— Não, não... — Raul desconversou, enquanto inventava uma história (desconfiar de todo mundo, a partir de agora). — É que às vezes eu tenho uns ataques de amnésia, me falha a memória... Uns brancos na cabeça.

— Ô, tem que ver isso! Falhar a memória assim pode ser perigoso — (mas eu só queria esquecer, pensou Raul). — Já foi no médico? — e o rapaz bateu com a ponta dos dedos na própria cabeça, como a indicar algum desequilíbrio, certa loucura.

— Já, sim. Ele disse que não é nada, muita gente tem.

— Ahã... — respondeu o outro, desacreditando.

(Se eu contasse o que havia me acontecido, se dissesse as torturas que passei, as pancadas, os choques, os gritos, as ameaças, o frio, se lhe falasse das humilhações, se lhe dissesse que me mandavam ficar pelado apenas por ficar, o escárnio, a maldade — isso, sim, é loucura. Mas acontece como se não fosse.)

— E que dia é hoje?

O homem deu uma gargalhada:

— Desculpa a risada, mas é que é engraçado escutar uma pergunta dessas. É domingo — respondeu.

— Domingo, dia...? — seguiu perguntando Raul.

— Domingo, 21 de junho de 1970. Final da Copa do Mundo! Brasil e Itália. Com Everaldo em campo! — depois adendou: — E agora me dá licença que preciso ir andando. O jogo começa daqui a pouco e hoje é dia de ver o Brasil ser tricampeão mundial de futebol!

CAPÍTULO 6

PORTO ALEGRE

13 DE JUNHO DE 1970 - SÁBADO

POR VOLTA DAS NOVE DA MANHÃ

Raul havia conseguido pegar no sono, depois de chorar baixinho por um tempo tão grande quanto impreciso, deitado no colchonete fino e sujo. Os homens tinham-no deixado ficar com as calças, as meias e a camisa vermelha, como se fosse um favor; no entanto, tinham recolhido a sua carteira com os documentos, o cinto e a correntinha com a imagem de Nossa Senhora Aparecida, da qual era devoto desde os tempos adolescentes de coroinha. E os calçados, claro, a fim de que não sucumbisse ao desejo de enforcar-se com os cadarços. Por isso, assustou-se quando sentiu o bico de um sapato a estocar-lhe a barriga com leveza quase divertida. Abriu os olhos, já em pânico, para ver o homem que ria enquanto ministrava as estocadelas:

— Acorda, Bela Adormecida! Isso aqui não é hotel!

Raul sentou-se com vagar no colchonete, um pouco tonto de sono e outro tanto por causa deste sonho ruim que insistia em acontecer de verdade, e esfregou os olhos e o rosto. Depois, passou as mãos nos cabelos e, colocando-as em concha à frente da boca, testou o próprio hálito:

— Posso escovar os dentes? — perguntou.

O homem apontou a pia no canto da cela:

— Nosso hotel não oferece escova e nem pasta de dentes. Mas Vossa Excelência pode se lavar — disse, debochado. Então, mudando de tom: — E aí nós vamos conversar. Conversar sério.

Raul levantou-se com alguma dificuldade, por causa do sono e deste medo que não cessava, e foi até a pia. A água demorou a sair e, quando isso aconteceu, veio nuns golfos escuros e salobros. Ele aguardou um tempinho, até que o jorro de água ficasse mais uniforme, e então lavou o rosto, as mãos, e bochechou um pouco, para que ao menos parte do ranço da boca se dissipasse. Depois, tomando certa coragem, sorveu alguns goles daquela água escura — o gosto era ruim, mas era água e a sede era grande.

Quando se voltou, percebeu que o homem havia trazido uma cadeira para o cubículo e estava solidamente instalado nela. Então enxergou-o de verdade. Ele vestia um terno cinza de boa marca, camisa branca e gravata escura com finas listras amarelas, lenço de seda clara no bolso do paletó, combinação de quem se preocupava com a elegância. Os sapatos que ainda há pouco o cutucavam eram bicolores e pareciam recém ter saído da loja. O cabelo estava cuidadosamente modulado numa onda suave de brilhantina e o bigode fino e milimétrico dava a impressão de ser aparado todos os dias. As mãos do homem eram longas e delgadas, mãos de quem não se cansava em trabalhos pesados, e no dedo anular esquerdo refulgia um anel de falso rubi. O sorriso do homem parecia fixo, e no canto esquerdo da boca havia certo brilho diferente, um pouco obscuro, que apenas depois de algum tempo Raul descobriu ser um dente de ouro. Mas o que verdadeiramente chamava a atenção naquele homem eram os seus olhos — uns olhos sem vida, pequenos e duros, que não combinavam com o sorriso imutável e exalavam certa malignidade natural, quase orgulhosa de ser ruim. Sem saber bem a razão, Raul teve mais medo daquele homem do que dos tantos que o haviam prendido na noite passada.

— Senta — ordenou o engravatado, e apontou para o colchonete. Raul sentou-se, obediente.

— Como é o teu nome?

— Raul dos Santos Figueira — respondeu ele, a voz miúda.

— Idade?

— Vinte e cinco anos.

— Mora onde?

— Porto Alegre.

— E o endereço?

Raul engasgou — aquele pavor, a tensão que se renovava a cada instante, tudo era demais, e então se deu conta de que não lembrava do próprio endereço. Baixou os olhos, tentando lembrar, e apoiou a testa sobre as mãos úmidas. Depois, como se fosse uma desistência:

— Não lembro.

— Não lembra o teu endereço? — o homem fingiu certa surpresa divertida.

Raul esforçou-se um outro tanto, tentando enxergar na memória alguma conta de luz, qualquer carta, a plaquinha na esquina da rua em que morava — mas nada de nome lhe chegava. O pavor.

— Não lembro. Desculpa, não lembro — ele confessou, desistido.

O homem sorriu. Depois, colocou a mão sobre o ombro de Raul, com uma firmeza pesada que parecia não combinar com a suavidade de seus contornos.

— Não precisa lembrar. Nome, idade, endereço, nome da mãe, tudo isso nós já estamos sabendo. Estas porcarias a gente sabe tudo. E é bom que tu saiba que nós estamos sabendo. Tu pode não lembrar do teu endereço, mas nós lembramos. E quando a gente quiser, a gente pode te achar.

Então tirou a mão do ombro apavorado de Raul e de seu rosto sumiu toda a semelhança de riso.

— Mas agora tu vai começar a nos contar aquilo que nós não sabemos.

CAPÍTULO 7

PORTO ALEGRE

4 DE ABRIL DE 1970 - SÁBADO

QUASE MEIA-NOITE

O Volkswagen azul roubado há dias era um risco. Um perigo. Se fossem parados por qualquer batida policial, não teriam como explicar. Além disso, estavam cansados: escolhido aquele sábado para o sequestro, haviam acompanhado os movimentos do cônsul americano durante todo o dia, e só tinham tido azar.

No início da tarde, até que parecia haver surgido a oportunidade — mas foi um engano. Curtis Carly Cutter entrara com seu Plymouth em uma garagem, e eles então haviam se organizado para fechar o automóvel na saída e sequestrar rapidamente o cônsul, metendo o seu corpo grandalhão no banco traseiro do Fusca e levando-o para o esconderijo onde o manteriam pelo tempo necessário, enquanto negociassem sua troca pela vida e liberdade de alguns companheiros. Dois dos homens aguardavam de arma em punho, prontos para o tiro, mas na hora em que o carro saiu da garagem, um deles pensou ter visto crianças em seu interior e fez sinal rápido e resoluto para que abortassem a missão. Num instante, ambos recolheram as armas, apenas para constatarem, desolados, no segundo seguinte, que haviam se enganado: o diplomata estava sozinho em seu carro.

Por isso quando, já quase na madrugada de domingo, perceberam o carro do cônsul se aproximando, decidiram que aquela era a hora. Teria que ser, não haveria outra chance. Vindo de um jantar na casa de amigos, onde provavelmente havia tomado uns drinques, Curtis Cutter dirigia o automóvel, enquanto escutava a conversa da esposa e do banqueiro que, de carona, os acompanhava. O automóvel seguia pela Vasco da Gama e, quando estava para entrar na Miguel Tostes, o fusquinha azul o interceptou, ultrapassando-o numa manobra rápida e pouco prudente. Assim que o paralamas traseiro do Fusca chocou-se com o possante paralamas dianteiro do Plymouth, três homens armados e mascarados saltaram do carrinho e anunciaram o sequestro.

O cônsul nem pensou. Apenas gritou "aqui vamos nós" e, enquanto a mulher e o amigo se jogavam ao chão do carro, sem nem saber direito o que estava acontecendo, acelerou o quanto pôde. A força maciça do Plymouth não tomou conhecimento da leveza roubada do Volkswagen, e o carro do cônsul conseguiu arrancar como se nada existisse à frente, atirando para cima um dos sequestradores e passando por cima de seu tornozelo direito.

Naquele instante, quando o carro do diplomata começava a fuga, aquele que parecia o líder do grupo impediu, com um gesto, que seu companheiro metralhasse os ocupantes. No mesmo instante, pontaria apurada em horas de treinamento, puxou o gatilho de sua 45, mirou cuidadosamente a traseira do automóvel e disparou. A bala atravessou um dos vidros do carro e acertou o ombro do cônsul, fazendo-o chocar-se contra o volante. A mulher do diplomata, em pânico, perguntou o que havia acontecido:

— Merda, fui atingido! — gritou ele, enquanto seguia dirigindo.

O cônsul conseguiu levar o carro até a residência oficial, agradecendo a todos os deuses o fato dos sequestradores não terem continuado a perseguição. Buzinou com insistência, mas os policiais que deveriam estar na guarda demoraram um tempo largo para acordar. Em casa, chamou uma ambulância — que nunca chegou. Buscou um hospital de bairro, mas não conseguiu ser atendido. O tratamento só aconteceu no Pronto Socorro, quando já começavam a chegar os primeiros repórteres.

O sequestrador ferido acompanhou, um pouco atônito e ainda no chão, a fuga atrapalhada dos companheiros. Depois, gemendo e mancando tanto quanto lhe permitia a dor no tornozelo, começou a andar lenta e desesperadamente em direção ao apartamento clandestino em que estava instalado. Para ele, não havia a chance de um hospital.

CAPÍTULO 8

PORTO ALEGRE

13 DE JUNHO DE 1970 - SÁBADO

POR VOLTA DAS DEZ DA MANHÃ

O dente de ouro se aproximou do rosto derrubado de Raul e advertiu:

— Já te aviso agora: eu não vou tocar um dedo em ti — e tocou um dedo no ombro de Raul, gostando da própria graça. — Mas aqui nem todo mundo é bonzinho como eu. Tem uns bem malvados, até eu tenho medo. Por isso, também te aviso: fala tudo o que sabe. Melhor pra tua saúde.

— Tudo o quê? — alarmou-se Raul, sem saber.

— Psst! — o outro colocou o longo indicador sobre a própria boca. — Ainda não terminei. É melhor colaborar. Se contar a verdade, vai ser um serviço pro país, pra ordem, a liberdade. Uma demonstração enorme de patriotismo, que vai nos ajudar a limpar o Brasil desses comunistas asquerosos — e sua voz perdeu por um instante a tranquilidade. — Uns filhos da puta subversivos que querem acabar com o país! Mas nós, os patriotas desta terra, vamos acabar com eles antes — e, olhando Raul com fixidez, aqueles olhos mortos e apavorantes: — Tu não é comunista, a gente logo vê. É um bagrinho usado por eles. Um inocente útil, massa de manobra. Um coitado proletário, pra usar uma expressão que os comunas adoram... Mas o que tu fez, tu vai ter que confessar. E o que tu sabe, tu vai ter que contar...

— Mas contar o quê? — Raul, cada vez mais alarmado e atônito.

O homem fez-lhe um sinal com a mão para que se acalmasse e Raul conseguiu perceber, em meio a todo o pânico, que aquela demora, os pequenos silêncios, a fala mansa, a calma de sorriso fixo, aquilo era parte do próprio terror. A incerteza, a expectativa — tudo o desmontava por dentro.

— E colaborando com a gente, tu vai estar colaborando comigo. Porque, veja bem — ele olhou o pulso, como a certificar-se do dia e das horas —, hoje é um sábado. Sábado pela manhã, dia estar em casa, brincando com os filhos, conversando com a esposa, ficando com a família, que é a coisa mais importante de tudo, olhando televisão, fazendo algum conserto, tomando chimarrão com os vizinhos, essas coisas boas da vida. Mas aí, me telefonaram e disseram "chefe, pegamos o homem". E então, como eu tenho um senso de dever muito apurado, esqueci do brinquedo com os filhos, a conversa com a patroa, saí de casa no meio da manhã de sábado e vim pra cá falar contigo. Larguei o meu descanso e aqui estou. Troquei o sol da manhã pelo frio e a umidade desta cela. Pois é... imagina se eu gosto disso. Não, não gosto. Claro que não gosto. Por isso, quanto mais tu colaborar, melhor.

O homem fez uma pausa, como se tentasse lembrar qualquer detalhe importante:

— E antes que eu me esqueça: não pensa que alguém vai conseguir te achar por aqui. Advogado, família, amigo, namorada, amante, igreja. Podem procurar o quanto quiserem — e apontou para a cela, os corredores escuros, num gesto algo cênico. — Ninguém conhece este lugar. Ninguém.

Ele então acomodou-se melhor na cadeira, cruzou as pernas e apoiou nelas os dois braços, incisivo. Ficou calado por certa eternidade curta, como se estivesse sozinho — parte do terror, pensou Raul —, olhando o teto, as paredes, as grades. Só então perguntou:

— Me conta tudo o que tu sabe sobre o fiasco do sequestro do cônsul americano. A tentativa de sequestro — corrigiu-se.

Raul buscou lembrar das notícias barulhentas que havia lido nos jornais, das entrevistas do chefe de polícia, das fotos do próprio cônsul rodeado pelos filhos, dos comentários que escutara em meio-tom, uma ou outra brincadeira a respeito — o homem se chamava Carly, quase igual ao Curly dos Três Patetas. Mas era isso o que sabia, nada mais.

— Só o que saiu no jornal, na rádio...

— Isso não me interessa. O que saiu no jornal eu também li. Quero saber o que tu fez no sequestro, qual foi o teu papel. E também quero o nome de todos os bonecos. Os que tão soltos, claro, porque a maioria já foi engaiolada. O Paixão, o Edmur, teus amigos todos. Tudo passando temporada num hotel parecido com este. Mas corre à boca pequena que tem mais gente envolvida nesta bobagem. Então, desembucha aí.

Raul alarmou-se, não tinha o que desembuchar.

— Não, meu senhor, eu não tenho nada a ver com isso! Não tenho nenhum envolvimento com sequestro, com qualquer coisa desse tipo, pelo amor de Deus! O senhor pode verificar na minha casa, na vizinhança, no meu emprego. Fale com o meu gerente! Eu trabalho num banco, não me meto nessas coisas de política, nem sei o que está acontecendo!

— Tu mesmo sabe que um dos presos é bancário. E todo bandido, quando cai, diz que não sabe de nada, que nunca fez nada, que é um anjinho caído do céu, essa papagaiada toda! Parece que só tem inocente na cadeia! Como se a gente fosse acreditar! Ou por acaso tu acha que tá preso por engano?

— Só pode ser, meu senhor! Eu não sei de nada desse sequestro, não posso lhe dar nenhuma informação!

O homem tocou novamente o ombro derrotado de Raul, o peso firme do dedo delgado pressionando além do que devia, espécie de aviso. Mirou-o durante certo tempo, como se o estudasse, e nesses segundos Raul percebeu outra vez a fúria contida daqueles olhos.

— Vamos encurtar a história, garoto! Fala logo, que eu te garanto um tratamento bom aqui na prisão. Me dá os nomes verdadeiros de cada um e me diz por onde eles andam. Vamos lá, vamos começar de novo. Quem por aqui comanda a VPR?

— O quê? — perguntou Raul.

— Não te faz de bobo, tu sabe muito melhor do que eu. VPR, a Vanguarda Popular Revolucionária. Me dá os nomes da VPR aqui no estado e me diz qual é a tua função. Onde vocês se reúnem, onde é o aparelho?

— Mas eu não sei nada, eu lhe juro! Não tenho nada a ver com isso!

— O que é que tu tava fazendo no dia 4 de abril?

— Como?

— Não te faz de surdo! O que é que tu tava fazendo no 4 de abril?

— Não me lembro, doutor, faz tanto tempo! — e Raul, sem perceber, já chamava o outro de "doutor".

— Refrescando tua memória: no dia 4 de abril, vocês estavam tentando sequestrar o cônsul americano aqui em Porto Alegre, o que só não conseguiram porque são muito trouxas! Pegaram um fusquinha e tentaram bater contra um carro enorme... precisa ser muito burro pra fazer uma bobagem dessas! Mas isso, é claro, criou um monte de problemas pra nós. Foram mexer com peixe grande sem saber como fazer... E aí, a gente precisou aumentar a força de combate! Mais gente sendo presa, mais interrogatório, mais dureza, ou seja, a bobagem de vocês fez com que eu, por exemplo, tivesse que trabalhar mais! Por que é que vocês não vão logo para Cuba e nos deixam em paz?

— Mas eu nem sei do que o senhor está falando, doutor! — Raul insistia.

— Olha só, Raul, este não é o teu nome verdadeiro, não é? Mas é o da tua identidade. Deixa eu te esclarecer um negócio. Eu sou um cara bonzinho, sou chefe, doutor, bem educado e tudo o mais. Percebe que eu não falei nenhum palavrão enquanto a gente tá conversando. Mas por aqui nem todo mundo é bonzinho como eu. Tem gente muito ruim trabalhando comigo. E vou te dizer mais uma coisa: neste serviço, os piores são os melhores. Tem um cara chamado Pablo, por exemplo, que às vezes vem do Rio de Janeiro pra ensinar meus homens e fazer umas aulas práticas. Esse, eu vou te dizer: é jogo duro! É o mais furioso de todos! E ele tá vindo aqui pra Porto Alegre, pra ministrar umas aulas... Não queira cair nas mãos dele. Por isso, tenta refrescar tua memória e abre o bico logo, porque senão tu vai ficar com muita saudade de mim...

Fez nova pausa, como se pensasse bem no que dizer, enquanto olhava para todos os lados da cela:

— Me diz aqui, então. Como é que vocês queriam parar o carrão do cônsul, um Plymouth blindado, com um Fusca? Que vocês são loucos, todo mundo sabe. Mas loucos e burros?

— Eu não sei de nada, doutor.

— Quem estava no Fusca?

— Eu não sei de nada, doutor! Já disse.

— Quem dirigia o Fusca?

— Ai, eu não sei de nada, doutor!

— A que horas o troço aconteceu?

— Doutor, eu não sei de nada!

— E como é que vocês queriam colocar o grandalhão do cônsul num carrinho daqueles?

— Eu não sei de nada, não sei de nada!

— E quem deu o tiro no tal do cônsul?

— Não sei de nada, doutor!

— Quer dizer que tu tava lá, mas não sabe de nada do sequestro? — perguntou o chefe, irônico.

— Mas eu não sei de sequestro nenhum, doutor! Eu não estava lá! Não sei de nada! — gritou Raul, exasperado.

O outro então, com as costas da mão delgada, deu um tabefe no rosto de Raul, que começou a chorar baixinho, sem lágrimas — um choro que era só assombro e desesperança. O chefe agarrou o queixo do prisioneiro com a outra mão e encarou-o fixamente, arfando uma fúria reprimida, antes de dizer:

— Eu falei que não ia encostar em ti, seu comunistinha de merda. Te tratei com toda a educação e tu me responde aos berros! Isso aqui não é a casa da sogra, é uma prisão. Que violência é essa? Educação se responde com educação, violência se responde com violência! Não quis colaborar, agora aguenta. Só espera pra ver: a coisa vai piorar muito pra ti — e, num gesto brusco, largou o queixo do prisioneiro.

Levantou-se da cadeira e apoiou a mão em seu encosto, enquanto Raul seguia num choro miúdo. O homem ficou olhando sua presa por um tempo, sacudindo a cabeça e sem dizer nada. Depois coçou o próprio queixo e alisou rapidamente o cabelo e as calças. Ajeitou a gravata, mais por costume que por necessidade, e então falou:

— Vou te deixar um tempo aí, sozinho. Pensa bem no que é melhor pra ti — e depois, gritando aos homens da carceragem: — Botem um café da manhã aqui pro nosso comunista novo!

CAPÍTULO 9

PORTO ALEGRE

13 DE JUNHO DE 1970 - SÁBADO

POR VOLTA DAS DUAS DA TARDE

Se fosse um pesadelo e despertasse suado e tremendo, mas não. Se fosse uma brincadeira de mau gosto e que servisse apenas para nada, mas não. Se fosse um engano (e é) pelo qual mais adiante lhe pedissem desculpas, mas não. Se fosse um teste ou essas coisas sem explicação que podem acontecer por aí, mas não. Se fossem bandidos (são) contra os quais se pudesse chamar a polícia, mas não. Se fosse um devaneio, um delírio ruim, mas não.

Não era delírio, nem pesadelo, nem nada. Era real, estava acontecendo e Raul não sabia quando ou como ou se iria terminar.

Ouvia falar que isso acontecia — sempre em comentários em voz baixa e lugares pequenos, o som da desconfiança —, mas nunca prestara atenção. Que havia prisões, tortura, desaparecimentos, mortes — mas por que se preocupar com esse assunto, se nada daquilo lhe dizia respeito? Do trabalho para casa e de casa para o trabalho, às vezes a casa da namorada (Sonia, onde andaria?), um cinema ou restaurante, nada de muitos amigos e os dias mais ou menos planejados — era esta a sua vida, que razões teria para atentar a um mundo que não era o seu? Terno e gravata cinza todos os dias, cedo da manhã, o mesmo cumprimento ao motorista do ônibus, bom dia aos colegas, a chegada registrada, os clientes atendidos com cortesia e algum sorriso, o almoço solitário (a marmita que a mãe preparava todos os dias, feijão, arroz, bife, batatas, salada e uma fatia de pão branco), o cafezinho de pé na lanchonete próxima, o trabalho até as quatro e um pouquinho, a saída registrada, o ônibus de volta, boa tarde ao motorista do turno, o futebol com os amigos às quartas-feiras, a passada de olhos no Correio do Povo (lia a Zero Hora na lancheria, enquanto tomava o café), o banho, o jantar, um pouco de conversa com a mãe, a novela e algum filme na tevê com celofane amarelo, a ida para o quarto, um tempinho apenas seu para montar o quebra-cabeça de mil e tantas peças, cinco ou seis páginas do livro ou da edição mais recente da Placar, dez e meia da noite, apagar a luz e dormir. Esta a vida de Raul; pequena e sossegada, sem espaço às confusões, aos riscos. Não havia por que ter medo.

E então, este pesadelo real, tempestade que não terminava de desabar, e que acontecia justamente com ele, o homem do terno gris e dos dias medidos, aquele que não tinha com que se preocupar porque cuidava sempre para não se meter em confusão.

Quem eram os monstros que lhe batiam por nada e queriam forçá-lo a confessar o que não sabia? O que não tinha nem ideia? Um sequestro cujas notícias não lhe haviam despertado maior interesse e pelas quais ele tinha apenas passado os olhos — como saberia algo sobre isso? Pouco se importava com os Estados Unidos, com o cônsul, pouco se importava com a situação do Brasil — e não estava tudo bem, andando com ordem e progresso, como diziam o rádio e a televisão? Nunca tinha ouvido falar em VPR, não sabia por que razões lutavam, era apenas um bancário comportado. Um bancário modelo. Com quem o confundiam e por que não conseguiam perceber, de uma vez por todas, que ele não sabia nada, que suas respostas negativas eram tão verdadeiras quanto seu choro e seus gritos de dor? Por que faziam isso, esses monstros? Por que tão monstros? Aqueles que mostravam prazer em bater, aqueles que fingiam não ter esse prazer — todos iguais, todos monstros.

— Esta ditadura, balbuciou — a palavra dita pela primeira vez.

Será que ainda vou sair desta cela?, pensou ele num pavor frio. Não sabia ainda até onde poderiam ir a ignorância e a crueldade dos homens que o haviam aprisionado, e talvez isso o assustasse ainda mais. Quando descobrirem (porque terão que descobrir) que não tenho nada a ver com o sequestro do cônsul e que prenderam e torturaram a pessoa errada, o que irão fazer comigo? Será que me soltarão, me deixarão ir embora, será que alguém me olhará com um pedido de desculpas — ou será que simplesmente me farão desaparecer (eu, mais um desaparecido) e eu nunca mais serei nada e nem ninguém, apenas um corpo sem dentes e dedos atirado sabe-se onde? Para esses bandidos que não precisam se preocupar com o outro, é tão mais fácil levar o erro até o fim. Tão sem consequência. Sim, era isso o que iria acontecer, gemeu ele, deitado no colchonete sujo e sentindo no corpo e na alma a dor e o gosto das pancadas. Nem que inventasse uma história, criasse nomes e fatos, dissesse aos homens o que eles queriam ouvir — porque seria imediato desmontá-la, descobrir que o fictício Fernando ou Gilberto não existiam e que no inventado galpão clandestino onde se encontravam era apenas um terreno baldio ou funcionava há anos um armazém de secos e molhados. Descobririam a mentira e aí tudo seria pior, voltariam e bateriam com mais força, desmanchariam a golpes e choques este corpo já tão entregue. A crueldade não aceitaria nem a mentira de uma história inventada, nem a verdade de não saber nada. Não havia escolha, nem chance — estava nas mãos e à mercê daquelas bestas.

Estou morto, gemeu. Estou morto.

CAPÍTULO 10

PORTO ALEGRE

16 DE JUNHO DE 1970 - TERÇA-FEIRA

Raul ainda dormia, morrendo de frio em seu cobertorzinho mínimo, quando o carcereiro chegou com o desjejum — uma caneca plástica com café cinzento e sem açúcar e duas pequenas fatias de pão com manteiga, dispostas num pratinho de aniversário infantil. O homem chamou-o enquanto raspava a chave nas grades da cela, fazendo um barulho que serviria para acordar o corredor inteiro, se houvesse outros presos naquele lugar, e depois ficou aguardando que o prisioneiro pegasse o prato e a caneca pela portinhola. Era o carcereiro menos truculento. Os outros apenas deixavam os utensílios no chão, sem qualquer chamado ou sinal; se Raul não abrisse os olhos logo, precisaria dividir a comida com os ratos e as baratas que desfilavam por ali.

Raul agarrou a comida e voltou ao colchonete, enrolando-se no cobertor enquanto comia. Um frio, um frio. Nestes dias em que estava ali, havia desenvolvido uma espécie de ritual nas refeições, que o ajudava a passar o tempo e a esperar. Comia vagarosamente e, de olhos fechados, contava trinta e duas mastigadas em cada pedaço, tentando sentir ao máximo o gosto do pão dormido ou do arroz frio que lhe empurravam, buscando ligar na imaginação aquelas gororobas tristes às delícias que a mãe sabia sempre preparar. Tomava o café em goles minúsculos, mais para gozar algum calor do que por qualquer outro motivo e, enquanto sentia o líquido morno e fraco escorrendo pela garganta, guardava consigo alguns segundos de conforto. Percebia o corpo enfraquecido, tinha fome o tempo inteiro e já constatava a folga nas calças que lhe haviam permitido manter, mas sabia que a medida de sua ração era aquela e nada mais.

Comeu lentamente, tentando esticar ao máximo o tempo, porque depois disso nada teria a fazer senão esperar — espera sem nome, agônica e incerta, sem que nada acontecesse e ninguém lhe dissesse nada. Uma espera que ia enfraquecendo Raul, fragilizando-o, rompendo as muralhinhas psicológicas que porventura tivesse — quando chegassem, talvez ele confessasse qualquer coisa, inventasse histórias ou entregasse amigos inocentes. Ou o gerente do banco, de quem não gostava — animou-se a sorrir por um instante. Qualquer coisa seria possível, neste manto de loucura com que o cobriam os minutos e as horas sem passar. Mastigava de olhos sempre fechados, enquanto tentava, sem sucesso, lembrar ou saber há quantos dias aguardava; ninguém o tocava e, ainda assim, os dias eram um medo só, na certeza aflita de que, a qualquer momento, alguém poderia entrar pela porta daquela cela e enchê-lo de pancadas ou matá-lo sem qualquer palavra ou motivo, sem que nenhuma notícia dessa tragédia chegasse além do corredor. Depois, jogariam seu corpo em qualquer baldio distante, à espera dos urubus, então passariam água e sabão no sangue seco da cela e tudo feito: o lugar estava pronto para receber o próximo condenado, sem que Raul nunca houvesse verdadeiramente estado ali, seu corpo era um não corpo. Esta incerteza, talvez ela o apavorasse mais que tudo.

Quando acabou o café, lambeu as bordas da canequinha plástica e então permaneceu sentado, observando o recipiente como se fosse o objeto mais interessante do mundo. Estudou seu desenho simples, as marquinhas do tempo, o seu azul pálido, as ranhuras gastas que serpenteavam ao seu redor, perguntando-se a quem antes ela haveria servido e talvez buscando encontrar na caneca alguma solução, algo que fazer — e assustou-se quando se percebeu pensando que, se aquela caneca tivesse qualquer ponta ou parte metálica, o suicídio poderia ser uma possibilidade. Não!, corrigiu-se, este pesadelo logo passaria, em breve perceberiam o engano e logo estaria novamente em casa — tentava pensar isso o tempo inteiro, buscando ordenar ideias, um pouco porque queria mesmo acreditar, outro tanto para não enlouquecer.

Escutou o assovio despreocupado do carcereiro vindo pelo corredor escuro e postou-se próximo às grades, pronto para devolver-lhe a caneca e o prato plástico. O homem chegou com um sorriso sem palavras e pegou os utensílios que Raul lhe estendia. E quando já começava o seu caminho de volta, o andar livre dos que não sentem o peso do emprego, o prisioneiro lhe perguntou:

— Que dia é hoje?

O homem voltou-se, mantendo o sorriso:

— Não posso te dizer. É proibido.

— Mas por que não?

— Proibido, meu chapa. Regra da casa. Na verdade, eu nem posso falar contigo.

— Mas por que não?

— Porque não e pronto! É isso.

— Mas será que ninguém vai tentar resolver meu caso? — Raul questionou, com certa inocência.

— Resolver teu caso? Resolver o teu caso? — o homem gargalhou. — Mas que caso, rapaz? Quem tem que resolver é tu!

Raul olhou o homem como se não entendesse — mas o fato é que, sim, entendia: queriam respostas, mesmo que ele não as tivesse.

O carcereiro olhou com cuidado para a sua direita, como a certificar-se de que não havia ninguém próximo e que poderia soprar algo proibido ao prisioneiro. Não havia ninguém. Então sussurrou:

— Chê, é proibido, mas eu até vou conversar um pouquinho contigo. E deixa eu te dizer uma coisa, te dar um conselho: diz logo o que tu sabe, que vai ser melhor pra ti...

— Mas eu não sei nada! — exclamou Raul, surpreso e desconfiado com aquela inesperada cumplicidade.

O homem fez-lhe um sinal urgente para que baixasse o volume da voz.

— Psiu, otário! Fala baixo! Não vê que é proibido dar conversa pra prisioneiro? Só tou conversando contigo por simpatia... — e depois de um instante, apontando com o indicador o próprio coração e fazendo um rápido sinal da cruz: — E porque nós dois somos devotos da mesma Nossa Senhora Aparecida.

— Então me ajuda, pelo amor desta santa! — implorou Raul.

— Só posso te ajudar se tu te ajudar também — respondeu o carcereiro, um jeito de não dizer nada.

O prisioneiro olhou para aquele homem e, sem poder precisar a razão, pensou enxergar nele algum resquício de esperança. Era um homem comum, desses que podiam ser vistos carregando um pão de meio quilo e dois litros de leite na volta da padaria ou tentando os treze pontos na Loteria Esportiva. Se o visse em outro lugar, Raul não pensaria que trabalhasse num ofício tão vergonhoso. E os olhos do homem pareciam ser menos duros, menos maus e mais brandos do que dos demais; o prisioneiro achou que talvez fosse verdadeira a chance de ser ajudado.

Mas também podia ser uma armadilha, alertou-se. Ora, tanto fazia, não tinha mesmo nada a dizer. Nem a perder.

— O que é que eu tenho que fazer? — perguntou.

— Conta o que tu sabe. Conta logo. Ou inventa uma história mais ou menos bonitinha, uma história que dê para acreditar. Se der certo, de repente até te liberam.

Pode ser, não garanto. E se te liberarem, não te esquece de duas coisas importantes: some por uns tempos e fica quietinho pra sempre. Porque — e ele fez um gesto abarcando o lugar — não pensa que o pessoal daqui é bobo. Eles já sabem toda a tua ficha! — e Raul não conseguiu deixar de pensar que o homem falava como se não fosse parte daquilo, como se fosse apenas um burocrata cujo serviço era entregar e recolher pratos e canecas de plástico. Como se o trabalho dele não fizesse parte do horror.

— Mas que ficha é essa que o senhor está falando? Eu nem tenho ficha nenhuma! — sussurrou o prisioneiro.

— Isso pouco importa pra eles! — atalhou o outro. E depois, irônico: — Ficha inventada também é ficha.

Raul sacudiu a cabeça, num misto de entendimento e aflição. Vou tentar inventar uma história, pensou. Buscaria lembrar das notícias de jornal, às quais pouco prestara atenção. Mas onde acontecera mesmo? Como era o nome da rua? Era ali no Bom Fim, não muito longe da própria casa do cônsul, isso estava nos jornais — podia dizer que não lembrava a rua ao certo, isso era possível...

— Vou tentar ajudar — surpreendeu-se dizendo.

— Isso! — pareceu comemorar o homem. — Vai ser melhor pra ti!

Melhor pra mim, pensou Raul, o que isso significaria? E como este homem sabia disso? Mas sim, qualquer coisa era melhor do que aquela incerteza em que vivia, sem sequer saber ao certo há quanto tempo estava preso, nem o que teria que enfrentar mais adiante. Pancadas, socos, tapas, telefones, já havia levado tudo isso; mas ainda não enfrentara e nem queria enfrentar os choques, o pau de arara ou a cadeira do dragão, aparelhos que os sádicos da prisão já lhe haviam adiantado que estavam numa sala próxima e cujos nomes já bastavam, por si sós, para atemorizá-lo. Não sabia se teria força para aguentá-los. Sim, melhor pra mim, qualquer coisa.

O carcereiro colocou no chão o prato e o copo e se aproximou um pouco das grades, num jeito amigável.

— Chega aqui — disse ele.

Raul se aproximou, lento e desconfiado (o medo, sempre). O homem sussurrou, como se contasse um segredo:

— Família, a gente sabe, é a coisa mais importante que existe. Esses comunistas filhos da puta não dão bola pra isso, eles querem terminar com a família, com o respeito, com a religião, com tudo o que é bom! Mas a gente não pode deixar isso acontecer, e tu vai nos ajudar! E se tu colaborar, daqui a pouco tu pode até voltar pra tua família. Família é a melhor coisa do mundo.

Parou, pareceu hesitar um instante, mas depois se decidiu. Colocou a mão no bolso traseiro da calça e de lá trouxe a carteira; abriu-a e de um de seus compartimentos tirou uma fotografia pequena, três por quatro, retratinho em preto e branco que ficou mirando por certo tempo, os olhos ternos. Depois, a pequena foto guardada contra o próprio peito, comentou com Raul:

— Agora tu vai ter a prova de que eu te considero um cara bom, de bom coração, que só tá com esses terroristas por bobagem ou por engano...

Mostrou a imagem para Raul. Era um menino meio loiro, cabelo escovinha e bem cortado, o sorriso banguela invadindo com leveza a fotografia.

— Meu filho, Júnior, a coisa mais importante da minha vida — e completando, com certo orgulho: — Fez cinco anos na semana passada.

CAPÍTULO 11

PORTO ALEGRE

TERÇA-FEIRA - 9 DE JUNHO DE 1970

POR VOLTA DAS TRÊS DA TARDE

CASA DO CARCEREIRO

Com o auxílio da mulher, ele havia prendido três tábuas em dois cavaletes de madeira e, sobre o conjunto, fixado uma toalha plástica decorada com motivos infantis — Mickey, Minnie, Pateta, Pato Donald, a Disneylândia inteira (mas não estava o Tio Patinhas, que era de quem ele mais gostava). Em cima da toalha, tinham disposto os coloridos pratinhos de papelão — também com as figurinhas do Mickey — que se assemelhavam àqueles com que servia comida aos presos, mas que agora ajudavam na alegria dos oito pequenos convidados do aniversário de seu filho. Sobre a mesa, disposta em cores, a festa da garotada: umas garrafas de guaraná Brahma e duas jarras de Q-Suco de abacaxi e groselha, brigadeiros, cajuzinhos, doces de leite condensado, sanduíches, canudinhos de maionese e de carne moída, pizza de salsichas. No centro da mesa, a torta de bolacha e chocolate feita pela esposa era a rainha enorme e pesada, objeto maior de desejo da garotada. Ao redor, espalhados em conjuntos de quatro ou cinco, os balões coloridos que mais adiante seriam entregues às crianças.

Era uma festinha pequena, apenas os primos e dois ou três amiguinhos brincando na garagem improvisada. Nem mesmo havia convidado o seu chefe, embora soubesse que, bem aproveitada a visita, esta talvez até lhe pudesse render alguns pontos positivos. É que o tempo era de economia: estavam terminando de construir a casa e o dinheiro do mês precisava ser contado níquel a níquel, cruzeiro a cruzeiro, anotado na cadernetinha que a mulher e ele revisavam todos os dias. Tudo estava lá: o mercado, o ônibus, a água, a luz, os sapatos novos do pequeno. Tudo somado, fazendo os exercícios possíveis para sobrar no fim do mês: as tintas, o pedreiro, o cimento, as esquadrias.

Mas a festinha valia o sacrifício, pensou ele, enquanto observava o alarido das crianças ao redor da mesa, manchando a boca de Q-Suco e brigadeiros, empanturrando-se mais de doces que de salgados. Eram oito, pareciam vinte: ruidosas, impacientes, querendo comer as guloseimas e brincar ao mesmo tempo, correndo entre as paredes ainda sem reboco da garagem. O filho era o mais feliz, liderava as brincadeiras, alegre com a festa em seu nome e com a bicicletinha de quatro rodas que os pais lhe haviam dado. Ah, sim, valia mesmo o sacrifício — ele e a mulher haviam feito os cálculos, tirando daqui e dali, e decidiram que era possível abrir um crediário, nem que a casa pronta demorasse um pouquinho mais — se já moravam nela, se até flores a esposa já plantara, se a maioria dos móveis estava comprada, se a tevê já estava na sala, se a garagem estava de pé à espera do carro que viria no ano seguinte, se Deus e Nossa Senhora Aparecida quisessem. Tinham comprado a bicicleta para o menino e toda a economia valera a pena naquela manhã, quando o pequeno havia acordado e percebera o presente ao lado da cama; o grito de alegria fora tão forte que sua mulher se assustara, ainda deitada. Quando chegaram ao quarto ao lado, o pequeno estava abraçado na bici e apenas gritava de felicidade, sem saber o que dizer — e ele agora relembrava a cena, lágrima tímida no olho.

Quando a garotada se empertigou por um instante para aparecer comportada no retrato (os sorrisos banguelas, os bigodes de groselha) e quando, logo depois, todos se atrapalharam cantando o "Parabéns a você", em suas vozinhas pequenas e afinadas, ele e a mulher também haviam se emocionado: o filho era meio temporão, chegara quando ambos estavam quase desistindo de ter um herdeiro e já começavam a se resignar a ser família incompleta, e então era tratado como o tesouro sem conta que realmente era. Durante anos, em invariáveis domingos, pediam na missa o milagre venturoso de um filho, e este pedido também estava nas orações que, todas as noites antes de dormir, faziam em casa. Quando o pequeno chegara cinco anos atrás, magro e feio e saudável, o carcereiro pagara a promessa que havia feito e caminhara sem peso ou dor os trinta e tantos quilômetros de sua casa até o Santuário do Padre Reus.

E agora estavam todos ali, a festa acontecendo, a bicicletinha guardada, os gritos da garotada, a casa quase concluída, as flores no jardim, o Fusca que logo logo viria, a família abençoada.

Isto era o mais importante, pensou o carcereiro: a família.

Por isso, não conseguia compreender como havia gente — aqueles comunistas, subversivos, os socialistas (era assim mesmo a palavra?) — que podia ser contra estes valores que só faziam bem. Por que alguém poderia ser tão contra a família a ponto de comer criancinhas, como o chefe havia lhe dito que faziam na Rússia? Olhava o filho e pensava: quem é capaz de uma barbaridade dessas é capaz de todas as barbaridades. Sentia um enjoo só de pensar, um engulho no estômago e a vontade de matar sem dó esses assassinos. Matar, matar — porque esse tipo de gente não merecia viver.

Assim, enquanto corria seu desvelo e orgulho para atender à garotada, não deixava de pensar que os colegas estavam, em todos os dias daquela semana, numa campanha forte, tentando capturar ainda um dos comunas que tinham tentado sequestrar o cônsul dos Estados Unidos. Diziam que podia ser o último, e aí seria faxina completa. Tinham saído em dois dias já, iam agora para o terceiro, esperando o homem num esconderijo que decerto outro terrorista alcaguetara, mas ainda não haviam colocado as mãos no meliante. Quem sabe não aconteceria hoje, de repente, espécie de presente para o pai do aniversariante?

— Boa sorte na caçada — ele havia dito aos colegas pela manhã, um pouco antes de sair para a festinha do filho. — Quando pegarem o comuna, caguem ele a pau. Façam isso por mim — pediu.

CAPÍTULO 12

PORTO ALEGRE

21 DE JUNHO DE 1970 - DOMINGO

UMA DA TARDE

DIA DA FINAL DA COPA DO MUNDO

Raul agora já entendia onde estava. O rapaz lhe havia informado. Além disso, passara aquela espécie de tontura de não saber nada, e seu olhar ia se reacostumando à cidade conhecida. Na verdade, sequer estava muito longe de casa. Morava numa ruazinha ao final da Andradas, próximo ao Gasômetro, e uma caminhada firme seria suficiente para carregá-lo até em casa. Tanta vontade de ver a mãe — como ela estaria em sua aflição? Mas não, pensou, todos aqueles dias haviam se passado, a mãe precisaria aguentar mais um pouco. Não arriscaria nada, agora que estava bem. Além disso, seu corpo não estava pronto para qualquer caminhada maior.

Andou lentamente pelas ruazinhas do Bom Fim, olhando a paisagem com certa alegria rediviva e, mesmo que por vezes se sobressaltasse com alguém na janela ou com o barulho de um automóvel, resolveu dar-se o direito de aproveitar o sol e aquela manhã de liberdade.

Liberdade — outra palavra que crescia em significado no vocabulário cotidiano de Raul, vontade nova tatuada em sua vida. A liberdade agora tinha outro gosto e outra cor ao ser dita. A liberdade, pensou — nunca havia dedicado um único segundo de sua vidinha casa-trabalho-casa à importância da palavra. Os dias na escuridão ao menos lhe haviam trazido algo de luz — um pouco pelo que sofrera, outro tanto pelo que escutara, ainda outro tanto pelo que adivinhara, conseguia perceber que o país não era a realidade cor-de-rosa escrita nos jornais, não era tudo simples ordem e progresso, e que em outros lados agora estavam sendo torturadas e castigadas pessoas cujo crime era tentar combater castigos e torturas. O desejo da liberdade, pensou, estava um pouco nos passos novos que agora dava naquela manhã desconhecida de domingo, mas também estava nas madrugadas clandestinas, nas mensagens em código, na cumplicidade dos olhares, no nome não pronunciado. Ai, a liberdade — que asas ela ainda abriria?

Caminhou pelo domingo sereno, sem pressa ou rumo, e de repente deu-se conta de que sentia fome e sede. E também se deu conta, quase com um sorriso, que agora poderia comer e beber algo que não fosse pão seco com manteiga, café preto sem açúcar, feijão com arroz e água salobra, às vezes um pedaço gorduroso de carne, que lhe fazia mais mal do que bem. A liberdade, pensou outra vez.

Buscou a carteira para certificar-se de que haviam realmente deixado nela algum dinheiro, e se a quantia seria suficiente para um lanche. Abriu-a, os cruzeiros estavam mesmo lá.

Andou em direção à Osvaldo Aranha, ainda reconhecendo a paisagem e a claridade do dia, mas já atento a uma lanchonete na qual pudesse matar a fome e o tempo. Na avenida, certamente haveria algo aberto.

Ao chegar à Osvaldo Aranha, as palmeiras e a amplitude clara da avenida encheram-no de uma espécie de conforto, talvez porque aquela já fosse uma via conhecida de seu cotidiano, talvez porque ainda há pouco imaginasse que nunca mais reveria tanto espaço e luz. Respirou fundo, como se quisesse sorver o gosto daquele ar dominical, e resolveu andar para a esquerda, em direção ao Pronto Socorro.

Quando chegou à lancheria, surpreendeu-se com o movimento; quase todas as mesas estavam cheias, bandeiras do Brasil e camisetas verde-amarelas. Aproximou-se do balcão e aguardou que o funcionário fosse atendê-lo. Antes de pedir, Raul perguntou ao homem a razão de toda aquela gente.

— É por causa do jogo — respondeu o homem, um pouco surpreso, enquanto passava um pano úmido sobre o balcão, onde estavam expostos uns enroladinhos de salsicha, empadas e pastéis fritos. No outro lado da vitrine, havia um bolo inglês, uns mil-folhas com jeito de passado e umas fatias de bolo caseiro. Depois, com a outra mão, o atendente apontou a televisão em preto e branco, de vinte polegadas, colocada sobre a estante e para a qual pareciam se dirigir todos os olhares da lanchonete.

— Que jogo? — perguntou Raul.

O homem surpreendeu-se, suspendendo o pano por um instante:

— Brasil e Itália, meu chapa! Decisão da Copa do Mundo! — e depois, olhando para Raul com um jeito meio divertido: — Tá vindo de onde? De algum outro planeta, da China, da lua?

— Tem lugar mais longe que a lua — respondeu Raul, enigmático.

— Ah, tem mesmo — o atendente estava acostumado a esse tipo de respostas, o Bom Fim era um dos bairros por onde circulavam os hippies de Porto Alegre. — Mas o que é que vai ser pra ti?

— Tem pastel de quê?

— Pronto, tem de carne e de frango. O de queijo a gente faz na hora.

— O de carne é com ovo cozido?

— O melhor de Porto Alegre — respondeu o homem, simpático.

— Então me vê uma Coca, um pastel de carne, um de frango e um sanduíche. Um farroupilha.

— Certo. O farroupilha é com mortadela dupla?

— Melhor ainda.

— Já vai sair, então, meu chefe — depois, simpatia estampada no rosto: — Fome grande, hein?

Raul olhou ao redor do salão e, lá no fundo, encontrou uma mesinha vazia, de onde conseguia divisar bem a televisão. Quando enxergou a mesa, de repente teve a vontade de tomar uma cerveja — na sexta-feira em que fora sequestrado, saíra para o cinema e para tomar umas brahmas. Vou tomar uma cerveja e ficar neste boteco até o tal do jogo terminar, decidiu-se ele, muito mais preocupado em passar o tempo do que com a decisão de qualquer campeonato.

— Tem Brahma Extra?

— Tem — respondeu o funcionário.

— Bem gelada?

— Tinindo — o homem comentou. Uma resposta padrão; deveria dizer isso dezenas de vezes por dia.

— Então suspende a Coca e me vê uma Brahma Extra.

— Tranquilo.

— Vou me sentar naquela mesa lá — e apontou para o fundo, onde a mesa vaga parecia convidá-lo a repousar seu cansaço.

O atendente fez ao cliente um sinal de positivo e, largando o paninho, começou a preparar o sanduíche.

Raul instalou-se na mesinha, fechou os olhos por um instante e suspirou, a gozar aquele momento. Depois, deu-se conta de que aqueles gestos, por algum motivo ainda desconhecido ou mesmo sem qualquer motivo, poderiam chamar a atenção, e então se entristeceu: seria assim para sempre de agora em diante, censurando a si mesmo, diminuindo os sorrisos, cortando os movimentos e as palavras pela metade, preocupado com o próprio olhar e com o olhar dos outros, cuidando com o que pensar, com medo de que algo ruim novamente lhe acontecesse? Olhou ao redor e havia no bar mais de trinta pessoas, muitas delas parecidas com Raul, nos seus trajes confortáveis de domingo. Quem ali seria bancário, quem seria professor ou estudante, quem seria comerciante ou jornalista? Quem ali saberia da ditadura e lutaria contra ela, quem era admirador dos milicos e do general Médici? Quem seria policial? E haveria entre esses homens algum infiltrado, olhando o jogo e espiando os demais? Examinou disfarçadamente os gestos e maneiras dos mais próximos e desistiu: todos poderiam ser tudo.

O atendente chegou trazendo o sanduíche, os pastéis, a cerveja e um copo, depositando-os com cuidado sobre a mesinha.

— Fico impressionado como vocês conseguem carregar tanta coisa ao mesmo tempo — comentou Raul (tão bom falar sobre desimportâncias).

— É a prática — respondeu o outro. — Quer mostarda ou catchup?

— Mostarda, pode ser — acedeu Raul, agradecendo quando o outro trouxe a pequena embalagem amarela.

— Bom apetite — desejou o funcionário. — E bom jogo pra nós todos. Dá-lhe, Brasil! — e ele fechou o punho, como se socasse o ar.

Raul olhou aquele pratinho e a bebida dispostos na mesa, algo assim tão simples e corriqueiro, e outra vez pensou que aquilo lhe tinha sido ceifado por nada. Teve vontade de levantar-se, pedir a atenção de todos por um instante e contar a barbaridade que lhe acontecera, mas soube desde logo que nunca poderia, nem teria a coragem de fazê-lo. Mais que isso: seria loucura. E então teve outra vez aquela sensação de impotência que, daí por diante, certamente iria lhe acompanhar os dias, e não lhe restou outra coisa a fazer senão chorar, num silêncio miúdo e envergonhado, torcendo para que ninguém percebesse sua fraqueza. Homem não chora em público, pensou ele engolindo as lágrimas. Homem só pode chorar quando é torturado.

Alguém gritou que já estava quase na hora do jogo e Raul se entristeceu ao perceber que, para ele, que tanto gostava de futebol, aquela decisão agora parecia não significar nada. Apenas se deixaria ficar ali, olhando a partida para passar o tempo e comendo com o vagar necessário aquele banquete que o homem do bar tinha recém colocado à sua frente.

Mastigou com delícia o primeiro bocado do farroupilha, percebendo todos os gostos do sanduíche — o pão branco, a manteiga, o queijo, as duas fatias de mortadela. Depois, pegou com um guardanapo o pastel de carne e, mastigando o primeiro pedaço, disse para si mesmo que o atendente não havia mentido quando dissera que aquele era o melhor de Porto Alegre. Fez o mesmo com o pastel de frango. Por fim, serviu com capricho o seu copo de cerveja, cuidando para que o colarinho de espuma tivesse o tamanho exato. Olhou o rótulo da garrafa por alguns instantes, apenas para retardar a hora do primeiro gole, saborear a própria expectativa do sabor, e então sorveu o líquido com a delicadeza que nunca tivera com todas as cervejas anteriores em sua vida.

Mas quando baixou o copo e olhou de novo ao redor, petrificou-se.

Na porta de entrada da lanchonete, dirigindo a Raul um sorriso cujo significado não se podia adivinhar, estava o carcereiro.

CAPÍTULO 13

PORTO ALEGRE

16 DE JUNHO DE 1970 - TERÇA-FEIRA

NOVE E MEIA DA MANHÃ

NA REDAÇÃO DO JORNAL

Bom dia, seu Flavio, tudo bem? Me disseram na recepção que eu devia falar com o senhor, que é o repórter encarregado da notícia que eu agora vou pedir para publicar. Desculpe eu estar assim nervosa, meio que gaguejando e sem saber o que dizer, mas é que nunca passei por uma situação como esta e também nunca falei com um repórter. Cheguei aqui às sete da manhã, aí me disseram que a redação — é esse o nome, não é? — nem estava aberta, que o pessoal começava a chegar só às nove, nove e meia. Então sentei e esperei. Tentei tomar um café numa lancheria aqui perto, mas não consegui: nada desce, seu Flavio, nada desce! Vou lhe contar logo, então, para não tomar muito o seu tempo. Depois saio daqui e só continuo desesperada, sem saber o que fazer — nem tomar café, nem cozinhar, nem lavar uma roupa eu consigo! Eu só choro, só choro. Como estou fazendo agora, me desculpe. Mas a história é a seguinte: meu filho desapareceu! Saiu de casa na sexta-feira, ia ao cinema e depois talvez numa lancheria com uns amigos — e nunca mais voltou! Simplesmente sumiu, não deu mais nenhuma notícia, logo ele que nunca passou uma noite fora de casa sem me deixar bem avisada. E agora está todos estes dias fora, sumido, eu no desespero que o senhor está vendo, seu Flavio. O nome do meu filho é Raul dos Santos Figueira e tem vinte e cinco anos. Trouxe esta fotografia aqui para o senhor colocar na notícia. Se puder colocar bem grande. Ele agora está um pouco mais gordo, trabalha num banco e aí anda meio acomodado, sempre comportado. Mas o retrato é bem parecido, é bem o jeito do Raul mesmo. Ele estava vestindo uma calça de brim coringa, uns tênis Bamba e uma camisa vermelha horrível, mas que ele adora. E uma correntinha com a imagem de Nossa Senhora Aparecida, que acho que ele não tira nem para tomar banho — o Raul é muito devoto dela. É assim que ele estava vestido, meu filho. Já telefonei para todos os hospitais, para os cemitérios, para o necrotério — imagine o senhor a dor de uma mãe que liga para o necrotério para saber se o seu filho está lá. Mas graças a Deus e a Nossa Senhora Aparecida, ele não está em nenhum desses lugares. Tenho certeza disso, porque tomei o cuidado de perguntar se não havia aparecido ninguém sem identificação, o senhor sabe. Às vezes a pessoa toma uma pancada na cabeça ou é atropelada e fica inconsciente, podia ter acontecido isso, mas não. Nenhuma pessoa sem identidade apareceu nesses lugares nos últimos dias. Isso me deixou um pouco mais tranquila, mas sigo neste meu desespero de mãe que não sabe onde está seu filho. Fui na polícia e o doutor me atendeu muito bem, registrou tudo direitinho, mas me explicou que eles não podem fazer muita coisa porque não têm estrutura — foi a palavra que ele usou. Foi ele, aliás, que me deu a ideia que eu viesse procurar o jornal, disse que podia adiantar. Por isso estou aqui, seu Flavio, pedindo para o senhor botar esta notícia, avisando o desaparecimento do meu filho. Raul dos Santos Figueira, eu já disse o nome. Sumiu na sexta-feira à noite, ninguém sabe nada dele. Já falei com os amigos do meu filho e nenhum deles consegue me dar uma pista sequer. Porque se eu tiver uma pista, seu Flavio, vou atrás dele até o fim do mundo — mãe tem uma força que o senhor nem sabe. E por isso talvez o senhor não imagine agora o vazio que eu estou sentindo, o meu filho desaparecido e eu sem ter nem ideia de onde procurá-lo. Já me disseram até que ele poderia, Deus me livre e guarde, estar envolvido com essas coisas de comunistas, esses aí que roubam bancos e explodem bombas, mas isso nunca! Meu filho teve educação em casa e não seria capaz de fazer uma coisa dessas, nem de se misturar com este tipo de gente. O meu filho é pessoa de bem, seu Flavio, trabalhador e educado, sem vícios — não fuma e só muito de vez em quando bebe uma cerveja, um vinho. Não teria a menor condição de se envolver numa coisa dessas, imagine! — dá um arrepio só de pensar, veja só como fico. Mas então. Eu gostaria, se o senhor pudesse, que vocês colocassem no jornal a notícia do desaparecimento do meu filho, do meu filho único, para que as pessoas pudessem ajudar, decerto alguém pode dar uma pista do que aconteceu. Eu peço que coloquem a foto também, se possível numa página de bastante leitura. A de esportes, pode ser — meu filho é fanático por futebol, é colorado doente. Se não puder ser na página de esportes, pode ser em qualquer outra. Só lhe peço que publique a notícia. Se alguém souber de alguma coisa, deixo o meu endereço e o telefone da minha vizinha, que me autorizou. Meu nome? Meu nome é Irene, mas não precisa colocar isso no jornal.

CAPÍTULO 14

PORTO ALEGRE

17 DE JUNHO DE 1970 - QUARTA-FEIRA

PRIMEIRAS HORAS DA TARDE

O carcereiro recém havia recolhido o prato e a caneca plástica em que tinham servido o almoço de Raul — duas conchas de feijão com arroz, um ovo cozido e café preto — e este apenas estava sentado no colchonete, tentando pensar em nada, quando o chefe apareceu, acompanhado de outro homem, que usava óculos escuros mesmo no negrume daquele corredor. O desconhecido carregava nas mãos um pequeno objeto de metal, cuja serventia Raul temia adivinhar.

— Doutor Pablo, esse é o homem! — apresentou o chefe, apontando o prisioneiro como se anunciasse a chegada de um convidado especial a alguma festa.

O doutor Pablo não disse nada; apenas fez um ligeiro esgar com a boca, à semelhança de sorriso sem vontade, e jogou o objeto metálico de uma mão à outra, apenas para que Raul pudesse constatar, subitamente apavorado, que aquilo era uma soqueira.

— Tudo bem, Raul? — o chefe perguntou, com ironia.

— Sim, senhor — respondeu Raul, aterrorizado. Se respondesse que não estava tudo bem, seria pior.

— O nome do filho da puta é Raul? — foram as primeiras palavras do homem e, mesmo em seu novo pavor, o prisioneiro não deixou de perceber o sotaque carioca com que foram ditas.

— É o que está nos documentos dele. Estamos chamando ele assim. É um nome fácil, até meio bobo...

— Ele tem mesmo cara de bobo... — riu o recém chegado, baixando rapidamente os óculos e mostrando um par de olhos duros, malignos, parecidos aos do chefe. Raul também teve medo daqueles olhos.

— Pois é, Raul — comentou o chefe, sorriso no qual brilhava o dente de ouro. — O doutor Pablo é uma sumidade em alguns assuntos que muito nos interessam. Assim, nós estamos aproveitando a visita do mestre para que ele, solícito e gentil como sempre, nos dê umas demonstrações de sua técnica tão apurada. E, pra isso, vamos precisar da tua colaboração. Chega mais.

Raul não entendeu o que aquilo tudo podia significar e permaneceu imóvel em seu colchonete, olhando aqueles homens como se fossem extraterrestres.

— Chega mais, porra! Não escutou a ordem, filho da puta? — gritou doutor Pablo.

Raul levantou-se e, naquele instante, soube completamente que sua vida estava nas mãos daqueles monstros, que poderiam matá-lo como bem quisessem — e essa certeza momentânea pareceu dar-lhe uma espécie de tranquilidade surreal. Estou fodido, pensou, que façam o que quiserem.

O chefe chamou o carcereiro e ordenou-lhe que abrisse a cela. O homem cumpriu a ordem, enquanto olhava para o prisioneiro com certa dó disfarçada, que Raul sequer percebeu.

— Vamos lá, seu Raul. Vamos dar uma voltinha até outra sala — mandou o chefe, a voz mergulhada em ironia. — O senhor nos acompanhe, por gentileza.

Raul acompanhou os homens sabendo que na outra sala estavam os instrumentos e aparelhos de tortura, mas já não tinha maiores forças para pensar. Estava solto, nenhuma algema ou corrente o prendia. Poderia tentar escapar, mas sequer imaginou fazê-lo: escutava sempre tantas vozes, eram tantas pessoas por ali e ele estava tão desamparadamente perdido que não conseguiria dar cinco passos inteiros sem que algum perverso lhe caísse por cima a chutes. Andaram em silêncio pelos corredores estreitos e escuros, dobrando aqui e ali, enquanto Raul percebia que aquilo parecia o porão ou a masmorra de algum casarão assombrado no qual ele mesmo era um dos fantasmas, até que chegaram a uma porta fechada. O chefe abriu aquela porta e surgiu uma sala úmida e suja como as demais, também sem janelas, mas bem iluminada, em cujo centro estava instalado um conjunto de barras de ferro ao redor do qual seis ou sete homens sentados davam a impressão de aguardar.

Todos mais novos do que eu, pensou Raul, enquanto olhava para tudo, tentando não entender nada.

O doutor Pablo cumprimentou os presentes com certa solenidade, saudação que os outros devolveram com admiração reverente. Permaneceram todos em silêncio por uns instantes, sem darem importância ao prisioneiro, até que o chefe entendeu que esperavam por uma palavra sua.

— Rapazes — começou ele —, conforme prometido, hoje está aqui conosco o doutor Pablo, que com toda a sua experiência e talento irá nos ensinar algumas técnicas aperfeiçoadas pra obter a confissão de prisioneiros nesta guerra em que estamos. Nada que nós já não saibamos de um jeito mais ou menos regular, mas o doutor Pablo tem a minúcia e a perícia que às vezes nos faltam, e é aos detalhes que eu peço que vocês prestem maior atenção. Pra aula de hoje, contamos com a colaboração do nosso hóspede Raul, que foi convidado e gentilmente se dispôs a ser pendurado no pau de arara — e apontou a geringonça no meio da sala — para ajudar na exposição.

Raul não sabia o que era um pau de arara e, por isso, não esboçou reação maior. Mas apavorou-se, o medo voltando repentinamente à vida que prezava tanto, quando o doutor Pablo ordenou que o deixassem só de cuecas.

— Não, por favor! O que é que vocês vão fazer comigo? — gritou, enquanto dois homens já começavam a despi-lo.

— Calma, Raul! Ninguém aqui vai te machucar muito. Só um desconfortozinho, uma incomodação, mas nada que um cara forte como tu não aguente brincando — doutor Pablo apertou o braço do prisioneiro, como se lhe examinasse o bíceps, enquanto os homens todos riam da cena. — Hoje é só uma demonstração, uma aula pra esta turma aqui. Aliás, é por isso que estou te chamando de Raul, que é como te chamam. Se esta sessão de hoje fosse a sério, o teu nome seria a última coisa de que eu iria te chamar... — e riu da própria piada, secundado pelos demais. Depois, mudando o tom e mirando Raul fixamente: — Mas não pensa que a vida por aqui vai ser sempre esta moleza. Eu posso ser muito ruim quando quero...

O doutor Pablo esfregou as mãos e estalou os dedos, como a preparar-se para uma tarefa difícil, e depois pediu a dois voluntários que pendurassem a cobaia no aparelho. Só o básico, ordenou ele, enquanto Raul, atônito, não esboçava qualquer reação. Aliás, sequer havia a chance de reação.

Os homens suspenderam o prisioneiro pelos joelhos na barra de ferro, depois atravessaram suas mãos por baixo dela e cruzaram-nas por cima das pernas. Amarraram as mãos com um barbante grosso, à altura do punho, e ergueram aquele peso desesperado e que já começava a gemer de dor, deixando-o suspenso entre duas mesas e a uns vinte centímetros do chão. Depois, voltaram aos seus lugares, feito alunos comportados a aguardarem a lição.

O professor não pareceu incomodado com os gemidos de Raul, mas deu-lhe um pequeno sopapo na cabeça a título de aviso: que guardasse o choro para mais tarde, a aula nem mesmo havia começado.

— Pois bem — disse ele. — Isso tudo vocês já sabem. Pendurar o pedaço de carne é moleza. Mas o segredo é amarrar o pulso bem forte, a fim de ir trancando pouco a pouco a circulação. A outra dica é, às vezes, mover apenas um lado da haste de sustentação para cima ou para baixo, desnivelando o corpo. A cabeça num nível mais baixo que os pés, por exemplo. Isso mina a resistência do vivente — e, olhando a interessada plateia: — Vivente. É como vocês dizem por aqui, não é? E tem que saber usar bem todas as técnicas para que se consiga um bom resultado e o vivente não se transforme num morrente — ele riu novamente; e novamente o secundaram.

Feito o comentário, ergueu o lado da haste em que se encontravam os pés de Raul e, por baixo dela, colocou um tijolo alto. O corpo do prisioneiro escorregou em direção à cabeça, imprensando-a contra a mesa, e ele soltou novo grito, ao qual ninguém prestou atenção.

— Vejam que em pouco tempo a cabeça dele começa a avermelhar, por causa do sangue. Isso atrapalha ainda mais as ideias e a resistência do bandido e acaba fazendo com que ele fale. É quase melhor que o soro da verdade. — E, depois de um momento de reflexão: — Particularmente, eu não gosto do soro da verdade. Ele não é muito confiável e pode matar muito facilmente, já vi muito caso em que o pessoal se descuidou e isso aconteceu. Mas não é o que a gente quer aqui. Entendeu, Raul? Você pode ficar tranquilo...

Doutor Pablo permaneceu uns instantes parado, enquanto, sob a escuridão de seus óculos, parecia admirar a cena e deixar que todos a analisassem — o corpo inerme, a impotência do preso, o sangue enchendo as faces, o abandono pendurado naquela barra. Depois lembrou, orgulhoso:

— O pau de arara é uma invenção brasileira! Foi criado aqui. É uma contribuição genuinamente nossa na luta contra o comunismo e a bandidagem!

Um dos homens aplaudiu e gritou "viva o Brasil!", sem que houvesse naquela exclamação qualquer laivo de humor ou ironia; o aluno parecia mesmo ufano deste descobrimento pátrio. O professor prosseguiu, balançando o corpo de Raul de um lado ao outro, feito cavalinho de bebê.

— O pau de arara é uma espécie de base para o interrogatório. A partir dele, no momento em que o prisioneiro está pendurado, se abrem muitas possibilidades. São, basicamente, três caminhos: o choque, o afogamento e a porrada pura e simples. Cada técnica possui seus segredos, seus detalhes.

Então buscou no canto da sala uma pequena máquina, espécie de magneto cheia de fios, e começou a desenrolá-los sem pressa, com uma manivela, sob a atenção dos alunos e o pavor silencioso de Raul. Sou só um bancário inocente e que nem entende nada de nada, pensava ele, o que é que eu estou fazendo neste inferno? Após, o professor fixou a maquineta num dos cantos da mesa e, com uns ganchinhos de metal dourado, prendeu dois dos fios nos mamilos do prisioneiro, que gritou novamente sem saber o que iria lhe acontecer — mas já sabendo que iria doer, doer. O homem ordenou-lhe que calasse, enquanto terminava de fixar a maquineta:

— Colabora, filho da puta! Não vê que você tem sorte? Isso aqui não é um interrogatório; é só uma aula. Uma demonstração, você é a peça de demonstração, entendeu? Se fosse interrogatório mesmo, eu não estaria falando tão calmamente... — e, dirigindo-se aos alunos: — Vocês viram que eu até já poderia ter dado uma porrada no nosso hóspede, que não me parece muito disposto a colaborar. Mas não fiz isso, e sabem por quê? Porque é preciso ser muito profissional. Não esqueçam: profissionalismo sempre.

Depois, apontou a manivela à audiência:

— Esta manivelinha é uma espécie de dínamo. Quanto mais é girada, mais energia gera. Ela é progressiva. E quanto mais energia ela gerar, mais forte será o choque. É por isso que digo que a manivela é o coração desta geringonça toda, que nós chamamos de maricota — os homens riram; nome engraçado, aquele.

Então girou rapidamente a manivela. Raul deu um salto e outro grito, involuntário e descontrolado, enquanto sentia a dor nova que, entrando súbita por seus mamilos, parecia se espalhar por todo o corpo. Enquanto o prisioneiro se contorcia, pendurado na barra de ferro, o professor se comprazia ao alternar a velocidade da manivela, modificando a intensidade do choque e mostrando aos alunos o resultado. Quando o doutor Pablo parou, Raul permaneceu a contrair-se ainda por algum tempo; depois que a sessão terminou, seu corpo era cada vez mais um pedaço de carne pendurado, gemendo apenas para si e rezando baixinho um pedido impossível à Nossa Senhora Aparecida.

— Viram que a alternância na velocidade é um dos segredos para o bom resultado? Às vezes é interessante dar uma enfraquecida, porque o corpo do prisioneiro vai relaxar involuntariamente e vai sentir mais quando a velocidade aumentar de novo — explicou, enquanto girava a manivela mais um pouquinho, apenas para ilustrar o que dizia.

Depois, esperou que Raul parasse de se contorcer e seguiu a lição:

— Eu não costumo fazer perguntas para arrancar informação enquanto dou o choque. Isso é uma técnica minha, acho que a gente precisa estar bem focado no que está fazendo. Faço as perguntas no intervalo entre um choque e outro, sempre na ameaça do próximo. Funciona bem — depois, como se precisasse se justificar: — Mas hoje nós não estamos fazendo pergunta nenhuma, para não atrapalhar o andamento da demonstração. Hoje é só aula. O ideal é ir variando a intensidade do golpe e os lugares do corpo. Tem alguns que são mais indicados, porque são mais sensíveis. A língua, os dedos dos pés e das mãos, a planta dos pés, o ouvido, os testículos, o pênis, o ânus...

— Bota um fio no rabo dele, doutor, pra gente ver! — pediu um dos alunos, e os outros todos riram.

— Não, não... — o doutor Pablo sacudiu a cabeça negativamente. — Vou viajar depois, não quero ficar com cheiro de merda nos dedos. Aliás, preciso me apressar e daqui a pouco alguém vai ter que me levar até o aeroporto — depois, seguindo a aula: — E vocês precisam se acostumar logo: seguidamente vai ter comunista gritando, chorando, vomitando, cagando ou mijando no chão. São uns frouxos, uns fracos. Este aqui, por exemplo, nem foi mexido, ninguém fez nada nele. E vejam só o estado em que ele está... — e apontou para a figura derrotada de Raul.

Raul, peso morto na barra de ferro, chorava baixinho, agudo. No meio daquele terror, conseguira pensar em não fazer barulho; quanto menos chamasse a atenção dessas bestas, quanto menos lhe vissem nesta sessão macabra que chamavam de aula, menos ódio seu corpo despertaria e mais cedo a tormenta toda poderia terminar. Tentava pensar que não estava ali, como se fosse possível.

— Outro método é o espancamento puro e simples. Pode ser feito com as mãos limpas ou com apetrechos. Cada um escolhe o que melhor lhe sirva: barras de madeira, borracha ou ferro, soqueiras, lâminas, nada que vocês já não saibam. Eu gosto das mãos limpas, é uma sensação boa. Mas com os apetrechos cansa menos e algumas vezes funciona melhor. Uma dica importante é variar o tipo e a intensidade da batida: soco, tapa, chute, karatê. É a mesma regra do choque, lembram do que falei há pouco? Assim, o corpo do presunto não se acostuma. Outra dica: nem sempre vale ir só nos lugares mais frágeis, tipo boca, olho, joelho, saco... Não, o segredo é descobrir onde fica o ponto fraco do bandido — e desferiu um soco rápido e seco na altura do pâncreas de Raul, que gemeu alto. — Ouviram? É assim que funciona. Tem que ter sensibilidade — e riu.

O chefe, que assistia calado à exibição, olhou o relógio e achou por bem avisar o professor que já estavam começando a correr um pouquinho contra a hora, daí a pouco precisariam partir. Doutor Pablo fez um sinal positivo e pegou a soqueira, que havia deixado próxima à maricota. Colocou-a na mão direita e exibiu-a à plateia, feito um tesouro, depois golpeou o rosto de Raul, um pouco de lado, rascante, mais para assustar do que por qualquer outro motivo. Raul deu novo grito de dor, enquanto um fio de sangue brotava com certa suavidade de sua têmpora esquerda.

— Esta soqueirinha é de estimação, levo sempre comigo. Funciona que é uma maravilha.

Então pediu que alguém lhe alcançasse um balde grande e cheio de água, que estava a um canto da sala. O homem que havia pedido um fio no ânus de Raul foi o primeiro a levantar-se e trouxe correndo o balde ao professor, a quem olhou com certa admiração indisfarçada. O doutor Pablo ergueu o recipiente e informou que só faria uma pequena demonstração. Depois, infelizmente, precisaria partir.

— A água serve muito bem como instrumento. O afogamento, claro, é o mais comum. Forçar a cabeça do preso dentro do balde durante um tempo é muito eficaz, mas é o básico. No pau de arara, há uma forma muito intrincada de colocar a parte traseira da cabeça do bandido dentro do balde e fazer com que ele precise ficar puxando a si mesmo para cima, o tempo inteiro, a fim de não se afogar. O preso vai cansando, cansando, mas sabe que se afoga se deixar a cabeça cair. É divertido. Não vou mostrar agora porque a instalação é meio complicada.

Olhou a plateia e percebeu que todos permaneciam numa atenção bárbara. Bons alunos, pensou. Depois continuou:

— E tem uma técnica que eu, particularmente, gosto muito: o gotejamento. Pendura uma garrafa, um recipiente, até um vidrinho de remédio, algo assim, sobre a cara do comuna e ela fica gotejando, bem aos pouquinhos, sobre o olho, o nariz, a boca. Leva mais tempo e não é tão divertido, mas é um suplício. As madames não aguentam, o gotejamento vai minando a resistência. Mas vejam bem, é preciso prestar atenção: quando o preso está com sede, tem que cuidar para que ele não consiga tomar a água do afogamento, entenderam? Tem que prestar atenção a estes detalhes, não pode dar moleza. Isso é que faz a arte do negócio. Também se pode misturar alguma coisa na água: detergente, desinfetante, álcool, o que se quiser. E, por fim, não se pode esquecer que a água é um ótimo transmissor de eletricidade, ela potencializa resultados, amplia o efeito do choque.

Enquanto falava, o professor despejou o líquido sobre o corpo de Raul, que estremeceu no meio do frio tão grande que aquele junho (ou já seria julho?) lhe trazia.

— Não vou demonstrar para vocês a diferença entre um choque sem água e um choque molhado, porque não vai dar tempo. Mas ela certamente é bem evidente para jovens inteligentes e interessados como vocês.

O doutor Pablo largou no chão o balde vazio e secou as mãos com uma toalhinha branca que o chefe, solícito, lhe alcançou. Depois, sem prestar qualquer atenção àquele corpo à sua mercê, permaneceu por uns instantes num silêncio meio teatral, feito o professor que aguarda a atenção dos alunos para fazer a chamada. E então comentou, à guisa de explicação final:

— Esta foi apenas uma primeira demonstração do que pode ser feito com este instrumento genuinamente brasileiro — e apontou o pau de arara. — Mas isso é o básico do básico, há muito mais para fazer para se conseguir bons resultados. Eu explicaria mais, não fosse a minha pressa. Mas fica a lição mais importante: usem sempre a criatividade.

Respirou fundo, com certa solenidade cênica, e então repetiu, a enfatizar a importância do que havia dito:

— Criatividade, não se esqueçam. Esta é a palavra-chave para conseguir bons resultados. Muito obrigado pela atenção de vocês.

A audiência aplaudiu, e o doutor Pablo fez um pequeno gesto profissional de assentimento. Depois, como se repentinamente lembrasse que aquele momento teórico de ainda há pouco certamente teria desdobramentos práticos nos próximos dias, puxou a cabeça de Raul pelos cabelos molhados e mirou o prisioneiro com toda a escuridão de seus olhos maus:

— Não te esquece que isso aqui foi só uma aulinha. Quando for de verdade, vai ser muito pior.

CAPÍTULO 15

PORTO ALEGRE

21 DE JUNHO DE 1970 - DOMINGO

QUASE NO HORÁRIO DA DECISÃO DA COPA DO MUNDO

"A Seleção Canarinho entra em campo com Félix, Carlos Alberto, Brito, Piazza e Everaldo, Clodoaldo, Gerson, Pelé, Rivelino, Tostão e Jairzinho. O técnico é Zagallo. A Itália, do técnico Ferruccio Valcareggi, inicia a partida com Albertosi, Cera, Facchetti, Burgnich, Mazzola, Bertini, De Sisti, Rosato, Riva, Boninsegna e Domenghini. O árbitro alemão Rudolf Gloeckner tem a responsabilidade de apitar esta grande decisão, este jogo que lota completamente o Estádio Azteca!"

Enquanto, na televisão, o narrador já passava as informações da partida que começaria logo em instantes, o carcereiro, olhando ao redor como se procurasse alguém, crescia em direção à mesa onde Raul estava instalado. Ao fim, postou-se ao lado do ex-prisioneiro e, indicando a si mesmo a cadeira vazia que ainda havia na mesa, sentou-se nela sem pedir licença. Apavorado ante a chance de novo pesadelo, Raul fez menção de levantar-se, mas o homem impediu-o com um sinal negativo, pressão discreta e firme em seu braço esquerdo.

— Não achei nenhum conhecido — explicou ele, apontando com o queixo ao redor. — Vou olhar o jogo sentado aqui contigo — e então, abrindo um sorriso no qual Raul não sabia se vislumbrava simpatia ou falsidade, fez um gesto largo, abarcando a sala inteira, e comentou: — Afinal, aqui fora é todo mundo igual. Todo mundo torcendo pro mesmo time. E mais: se o comunismo ensina a dividir tudo, também tem que dividir a mesa... — e gargalhou alto, como se estivesse numa mesa de amigos.

Raul não sabia o que fazer, ao mesmo tempo em que sentia uma espécie de medo renascido e lhe voltava a certeza de que aquilo nunca acabaria. Um sobressalto todos os dias. Não conseguiu sorrir, não conseguiu dizer nada; apenas fez um sinal de assentimento ao outro, sabendo que nada mais lhe era possível.

— Mas fica tranquilo que tu não vai precisar dividir a tua comida comigo. Aliás, que fome grande, hein, malandro? — e apontou o sanduíche, os pastéis, a garrafa de cerveja. — Eu nem bebo durante o dia pra não chegar em casa fedendo a bebida. A mulher e o moleque... — mas depois, como se naquele momento se apercebesse que estavam numa data especial: — Se bem que hoje dá pra abrir uma exceção. Vou tomar uma Antarctica bem gelada.

Levantou o braço e estalou os dedos. O garçom fez-lhe um sinal curto com o queixo, já estava chegando.

— Ele sabe que não gosto de esperar muito — comentou o carcereiro, cutucando o braço de Raul. — Já armei um fuzuê aqui, num dia que me deixaram esperando, que foi um Deus nos acuda! O garçom quis dar uma engrossada, meio que botar uma banca, e eu tive que colocar o revólver na mesa, mostrar minha carteira da Polícia, uma confusão! Mas foi um santo remédio: hoje, não fico mais de um minuto no aguardo.

E assim foi: em menos de um minuto, lá estava o atendente, toalhinha jogada sobre o ombro, pronto para atender o carcereiro — mas Raul notou que desaparecera do rosto do homem o sorriso com que o recepcionara ainda há pouco.

— O que vai ser? — perguntou o garçom.

— Me vê uma torrada especial, bem caprichada no queijo. E a Antarctica mais gelada que tiver na tua frigidaire. Mas a mais gelada mesmo, porque tu sabe que eu sou cliente especial.

— Já tá saindo.

— Nem precisa me dizer, que eu já tou sabendo — respondeu o carcereiro, irônico, fazia um sinal parecido ao de colocar uma arma em cima da mesa. Depois, esfregando as mãos, numa espécie de expectativa, enquanto o garçom se afastava: — E aí? Preparado pro jogo?

— Mais ou menos — conseguiu responder Raul. — Não pensei muito em futebol nos últimos dias (um tremor, uma raiva, o ódio. Agora, apenas um contra o outro. A vingança possível — uma garrafada, a estocada com a faca de serrinha trazida com o sanduíche, um garfo no olho, a corrida e pronto: o monstro carcereiro estaria ali, estrebuchando, descobrindo na pele o que era sentir dor. Mas nada disso era possível: Raul sentia os braços como pesos mortos, as pernas coladas ao chão. A tristeza de não conseguir fazer nada).

O outro não percebeu o comentário, achou que fosse apenas uma piada.

— Mas hoje só se fala em futebol. É o único assunto que importa — disse, feito fosse uma ordem.

Se eu puder, nem sobre isso — pensou Raul.

O carcereiro apontou para a televisão.

— A gente vai amassar esses gringos!

E começou a discorrer sobre a seleção brasileira. Nunca existira e nem nunca iria existir um time tão bom, com tantos gênios dentro de campo. Tostão, Gerson, Rivelino, o furacão Jairzinho e o maior de todos os tempos, Pelé. Um poeta, disse ele. E os demais também: qualquer um seria titular em outra seleção, jogando com uma perna só. E ele, gremista, tinha um orgulho especial: o tricolor Everaldo era o único jogador gaúcho do time. E o Zagallo sabia tudo, que bom que tinham colocado ele no lugar do João Saldanha, que só falava bobagem e era um preguiçoso que só tomava uísque e esquecia de treinar a equipe.

— Sabia que o Saldanha é comunista? — perguntou o carcereiro.

— Não — respondeu Raul, a voz miúda.

— Pois tinha mesmo que trocar. Nem é porque é comunista — pareceu justificar o carcereiro —, mas porque é ruim mesmo. É gaúcho, mas é um bocaberta.

O garçom trouxe a torrada e a cerveja e depositou-as sem muita delicadeza à frente do carcereiro.

— Demorou, hein? — e o homem apontou o relógio. — Deu mais de um minuto.

O atendente riu sem vontade, enquanto lembrava de pedir a Raul:

— Amigo, eu vou ter que lhe cobrar a conta agora. É que depois que começar o jogo, isso aqui vai virar uma loucura, e aí fica difícil... Pode ser?

Raul assentiu e, sob o olhar espichado do carcereiro, tirou as notas da carteira, estendendo-as ao garçom, que agradeceu e disse que já traria o troco.

— Reparou que ele não pediu isso pra mim? — perguntou o carcereiro, timbre de orgulho na voz. — É que a minha despesa é por conta da casa. Sou cliente especial — e bateu no próprio peito, abrindo um pouco a camisa e permitindo a Raul descobrir, aterrado e silente, que a correntinha com a imagem de Nossa Senhora Aparecida pendurada no pescoço do policial era a mesma que, noites antes, havia sido suprimida dos seus pertences. Raul respirou fundo, sem saber o que fazer, e enquanto fingia prestar atenção ao que o outro seguia falando — o futebol, a seleção, Zagallo, o presidente Médici —, fez uma breve prece à protetora, pedindo que o poder e a bênção da medalhinha continuassem consigo. Quando acabou, ainda aturdido, esvaziou num gole só o copo de cerveja à sua frente.

— Mas olha só, chê! É bom de garfo e de copo o rapaz! — comentou o carcereiro, divertido.

Raul riu fracamente daquele comentário sem graça, enquanto servia um novo copo para si, e depois ficou no silêncio de quem não sabe o que dizer. Foi salvo pela chegada do atendente, que lhe trazia o troco.

— Traz mais uma cerveja pro chefe aí, que ele tá com sede! — brincou o carcereiro, risada que parecia um rosnado.

— Não, não! — pediu Raul. — Só vou terminar esta cerveja e já vou embora!

— Não vai, não! Deixa de ser bobo, rapaz! Toma mais uma e olha o jogo aqui com a gente! No meio do povo! — fez um gesto debochado e, por baixo da mesa, acertou disfarçado chute com o bico do pé na canela do ex-prisioneiro.

Mas por que o policial ordenava que permanecesse?, alertou-se Raul, novo salto de medo em seu coração. O que poderia estar por trás da breve dor daquele chute fantasiado de convite? Será que a prisão havia mesmo terminado? Ou os homens ficariam ao seu redor o tempo inteiro, como a dizer que sabiam de todos os seus passos, a mantê-lo nesta amarra, clausura sutil e velada, buscando com ele a pista ou a informação que nunca conseguiria dar? Quem o estaria esperando lá fora, quem o estaria espiando? E que martírio tanto era este, que nunca acabaria? Olhou para o carcereiro, súplica desenhada em seu rosto, e outra vez não soube o que dizer.

Mas teve a certeza derrotada de que ficaria naquele boteco até o final do jogo.

CAPÍTULO 16

PORTO ALEGRE

17 DE JUNHO DE 1970 - QUARTA-FEIRA

SETE DA MANHÃ

NA IGREJA

Bom dia, padre Tito. Hoje não venho me confessar, estou aqui pedindo ajuda. Por isso que, quando encontrei o senhor, beijei sua mão e nem pedi para ir ao confessionário, só fiquei esperando enquanto o senhor colocava água nas plantinhas. Desculpe eu ir entrando assim na sacristia, mas é que eu preciso mesmo de ajuda e não sei mais a quem pedir. Já rezei e rezei, na verdade é o que mais faço além de chorar, mas o fato é que a fé é o começo mas não é tudo. E já lhe peço desculpas se eu chorar mais alto, não ache que isso seja um desrespeito dentro da igreja. Meu filho, o Raul, o senhor conhece, ele vem quase todo domingo à missa. Foi coroinha e é devoto de

Nossa Senhora Aparecida, a quem eu já fiz promessa: encho esta igreja de flores se meu filho aparecer. Porque é isso: o Raul está desaparecido. Desde sexta-feira à noite que não aparece em casa. Chegou do trabalho, olhou um pouco de televisão, depois se vestiu, me deu um beijo e disse que ia sair, ir ao cinema. Me falou que não voltava tarde, mas que eu não precisava esperar acordada. E desde então não apareceu, padre. Nenhum sinal, nenhuma palavra, ninguém sabe onde o meu filho anda, o senhor imagine o meu desespero. Eu só rezo, choro e procuro o meu filho, sem saber onde e nem como. Não consigo mais dormir, deito e fico só pensando as coisas mais ruins. Não como nada, nada me desce. A vizinha me leva uma xícara de café, um sanduíche, um prato de comida, que devolvo quase sem tocar. Como sem sentir o gosto, só porque preciso me alimentar para ter forças e continuar procurando o meu filho, padre. Senão, nem comer eu comeria. O que me move é a esperança e a fé de que Raul esteja por aí, vivo e bem. Não fosse por isso, nem estas garfadinhas de feijão com arroz eu comeria, simplesmente me deixaria morrer. É a coisa mais triste do mundo dizer isso, quase um pecado pensar deste jeito, mas o que é que eu posso fazer, se é isso que eu sinto? Já fui na polícia, já fui nos amigos do meu filho, já telefonei para os hospitais e para os necrotérioss, já colei cartazes com a foto do Raul em não sei quantas árvores, mas só o que consegui foi que a molecada perversa encha os cartazes com bigodes e dentes cariados desenhados à caneta. Ontem fui no jornal e falei com um repórter, deixei lá a fotografia do Raul para publicarem e hoje a primeira coisa que fiz foi passar na banca e comprar um exemplar, mas olhe só o que saiu: uma noticiazinha minúscula, no cantinho da página policial, com uma fotografia tão pequena que quase não se consegue enxergar o meu filho. Veja, um retrato meio borrado, pequenininho, como é que alguém vai saber que é o Raul? Eu tinha tanta esperança nesta notícia, o senhor nem imagina! E agora esta esperança já ficou do tamanho da fotografia. Talvez até alguém consiga me ajudar, mas é tão difícil, padre! Eu olho para o retrato e só fico pensando em como estará o meu filho. E agora, depois de todos estes dias, eu preciso lhe dizer que me dá uma coisa ruim no peito, bem na altura do coração, e não consigo deixar de pensar que o pior pode ter acontecido. Eu não podia estar dizendo isso, mãe não tem o direito de pensar deste jeito, mas tantos dias sem notícia e sem que ninguém — ninguém! — consiga me dizer alguma coisa sobre ele, o senhor sabe, vai me entender. Este silêncio é tão pavoroso quanto o sumiço. Ninguém consegue me dizer nada. Porque se estivesse metido em algo ruim, alguém já teria me dado uma pista. Se fosse mulherengo, arruaceiro, brigão, ou se estivesse metido com esses desgraçados (desculpe a palavra dentro da igreja, padre, mas estou no meu limite) dos comunistas que andam aterrorizando o país, algo eu já teria sabido. Mas não, não se mete em nada. É um filho de ouro. E eu lhe digo, padre Tito: se alguma coisa aconteceu com o meu filho, essa coisa também aconteceu comigo. Fiquei viúva cedo, Raul é o meu único filho. Tenho quase sessenta anos, sou uma velha. Não tenho outra razão de viver, a não ser ele. E se minha única razão de viver se foi, por que eu devo continuar? Tão triste pensar assim, padre, tão triste... mas não consigo pensar diferente. Por isso eu estou aqui, por este meu desespero de mãe. De mãe que, pela primeira vez, não sabe o que fazer. Não sei onde está meu filho e acho que a igreja pode me ajudar. Não sei bem como, porque a verdade é que não sei mais nada, mas acho que pode. A igreja é tão grande, tantos padres, tantos lugares, tanta gente envolvida. Sabe, se todos os padres disserem no sermão que meu filho, Raul dos Santos Figueira, está desaparecido, com certeza isso vai ajudar, alguém pode saber dele. Ou se colocarem a fotografia do meu filho no jornalzinho da igreja, quem sabe? O Raul foi coroinha, eu já lhe disse, por isso eu acho que a igreja podia ajudar desse jeito. Eu lhe peço que veja se isso é possível, padre Tito, ou qualquer outro tipo de ajuda. A igreja já me ajudou tanto na minha fé e no meu espírito, no conforto de minha alma, nestes anos todos em que venho todo santo domingo à missa, e talvez agora seja a hora de me ajudar fora da religião, de me ajudar na vida comum, cotidiana — se bem que não é comum uma mãe ter que procurar seu filho. Mas o senhor me entende, claro — eu, que nem me explicar direito consigo. Por isso eu lhe peço, peço a ajuda da igreja, de qualquer modo, do jeito que a igreja achar que é possível. Porque estou em desespero e nem consigo mais pensar. Se for apenas para rezar por mim e pelo meu filho, eu lhe agradeço. Mas se puder ser mais, aí eu nem tenho como agradecer.

CAPÍTULO 17

PORTO ALEGRE

19 DE JUNHO DE 1970 - SEXTA-FEIRA

METADE DA MANHÃ

Raul tremia em sua cela, deitado no colchonete e tentando agasalhar-se com o cobertor gasto e fino que lhe haviam deixado, mas o frio era sempre maior. A umidade escorria larga pelas paredes escuras, formando poças de água suja no cimento cru do assoalho, que Raul já havia desistido de tentar secar — aquilo era um desafio triste, luta que consumia muito de sua impossível tranquilidade e do raro papel higiênico que lhe entregavam de quando em vez. Então desistira; apenas tentava manter o colchonete no centro do cubículo, parte um pouco mais seca, e cuidava para que as bordas do cobertor não tocassem nas pequenas poças de água.

E também havia desistido de saber se era dia ou noite, se chovia ou fazia sol, o que era sul e o que era norte. Não lhe haviam dado uma janela, tinham-no privado dos pontos cardeais, e todos os dias eram tempos de escuridão. O tempo sem passar também era tortura. Até quando?, perguntava Raul a si mesmo. E por quê?

Estava em meio aos tremores deste inverno que era de alma e corpo, quando o chefe sacudiu as grades da cela com um movimento rápido, sorriso de ouro falso no rosto. Ao lado dele, também sorrindo, estava o aluno aplicado e solícito da aula de tortura. Raul olhou-os em susto e, naquele instante, soube que havia chegado uma hora ruim e para a qual, cabeça sempre em confusão, não estava preparado.

— Levanta, bela adormecida — ordenou o chefe. — Chegou a hora de responder umas perguntas.

Raul levantou-se, deixou o cobertor sobre o colchonete e ficou parado esperando nova ordem, sem saber o que fazer. O aluno, então, abriu a porta com certa violência — a mesma com que, aos pescoções, tirou o prisioneiro da pequena cela.

— Anda, vagabundo! — disse ele, enquanto empurrava Raul para a saleta que, desde algum tempo, lhe povoava tristemente a memória. Atrás, em passos de quem decide, ia o chefe.

Andaram pelos corredores apenas por alguns segundos, intervalo em que Raul tentou fazer o que em nenhum momento anterior havia conseguido: inventar uma história crível, algo coerente e possível, com início, meio e fim, relato em que acreditassem, que o inocentasse do sequestro de um cônsul sobre quem não sabia nada e o libertasse deste sonho aflitivo em que o haviam mergulhado.

Mas não: sabia tão pouco, que não existia história possível.

Chegaram à saleta e lá estavam outros dois brutamontes. Além deles, os apetrechos necessários: a maricota, o balde cheio de água, alicate, martelo, um cabo de madeira. Raul, já no meio daquele pânico que, na verdade, não deixava nunca de existir, escutou a respiração ofegante e ansiosa dos homens e soube, aterrado, que eles enxergavam prazer naquilo que fariam dali a pouco: havia em seus olhos uma espécie de brilho feliz. O chefe fez um sinal aos dois grandalhões e esses, em poucos e descuidados movimentos, despiram o prisioneiro e o penduraram no pau de arara. A dor lancinante, surpresa erguida na barra de ferro. O chefe então se aproximou de Raul e lembrou-o da promessa que havia feito dias atrás:

— Não vou encostar um dedo em ti.

Nem bem terminou a frase e um dos mastodontes aplicou um soco nos rins de Raul, que soltou um grito ventoso e desesperado.

— Mas quanto a eles, não posso fazer nada — e gargalhou. — E agora, vamos lá. A gente não tem tempo para perder. Me conta tudo o que sabe sobre o sequestro do cônsul. Quem tava envolvido no planejamento, na execução, onde vocês se reuniam, quem mais é da VPR aqui no Rio Grande do Sul, o que vocês andam tencionando fazer, tudo. Fala bem direitinho, que daí nada de ruim te acontece — depois, alterando o tom da voz e aproximando os olhos maus do rosto apavorado do prisioneiro: — Mas nem pensar em me falar o que eu já sei, nem inventa de me dar o nome de quem já está na gaiola. Não tenta me enrolar. Só me fala o que eu ainda não sei. E desembucha logo, que é melhor pra ti! Diz o que tu sabe!

Raul olhou para o homem e, outra vez soube que estava perdido por inteiro: ninguém sabia onde ele estava e nem como encontrá-lo, e essas bestas-feras queriam respostas que nunca conseguiria dar. Estava perdido, então que esta história terminasse o mais rápido possível. Tentou não pensar na mãe ao tempo em que respondia, com a súbita tranquilidade corajosa que apenas o desamparo absoluto lhe trazia:

— Não sei de nada.

— Sabe, sim — a voz do chefe era cruelmente baixa, sussurrada. — E a gente vai te ajudar a lembrar um pouco mais — fez novo sinal aos homens, apenas um aceno com o queixo, e eles começaram a desenrolar os fios do aparato elétrico que estava apoiado numa das mesas, próximo aos pés indefesos de Raul. Depois, como se estendessem uma fita métrica no chão ou desenrolassem metros de barbante, fixaram as pontas dos fios na orelha esquerda e no mamilo direito do prisioneiro, enquanto comentavam entre si que o conjunto havia ficado bonito. Verificaram se os fios estavam bem firmes e então o aluno mais aplicado começou a rodar a manivela. Rodou-a sem pressa, percebendo que o corpo do prisioneiro tremia em partes, como que se dando conta aos poucos do que lhe acontecia, o silêncio se transformando em lamentos que mais adiante se transformavam em gemidos que logo se transformavam em gritos que se transformavam em uivos tristes e cada vez mais inúteis.

— Calma, Raposo — ordenou o chefe, com bom humor. — Não vai gastar o prisioneiro logo de uma vez.

À ordem do delegado, Raposo parou, mas sua respiração em suspenso indicava que não conseguiria conter-se por muito tempo: era bom o poder de fazer aquilo. O prisioneiro, pendurado na grade de ferro, seguia gritando seus desesperos, a morte adivinhada. O chefe colocou a mão sobre o braço de seu auxiliar, como a dizer-lhe que a tortura era apenas parte do processo e que, às vezes, era necessário parar.

— Então, seu Raul? Pronto pra contar tudo?

O prisioneiro não conseguiu abrir os olhos. Seu corpo ainda tremia de dor e dos choques quando respondeu, em pranto:

— Eu não posso contar porque não sei de nada, doutor. Acredite em mim, por favor — ele suplicava, mas já não havia exclamação em sua voz. — Eu sou só um bancário que nunca se envolveu com política.

A ignorância de Raul soou como uma espécie de heroísmo aos ouvidos experientes do chefe:

— Durão ele, hein, rapazes? Não quer falar mesmo!

— Mas eu não sei nada — a voz desmaiada do prisioneiro.

Raposo arrancou o fio do mamilo de Raul e começou a açoitá-lo com golpes de quem está fora de si, enquanto repetia, aos gritos:

— Fala, desgraçado! Fala, desgraçado! Fala, desgraçado!

O chefe deu um tapa rápido na mão de Raposo, para tirá-lo daquele frenesi e trazê-lo de volta à sala, enquanto se dava conta, com certo temor, que ao seu auxiliar pouco importava o que o prisioneiro falaria, porque não saberia o que fazer com as respostas. O que importava, para Raposo, era o sofrimento. Precisamos trabalhar isso, pensou, algo preocupado.

— Mas vamos lá, Raul, me diz. No dia da tentativa do sequestro do cônsul, quem estava no carro de apoio?

— Não sei...

Um sinal com os olhos, o soco na boca de Raul. Ele sentiu o gosto vermelho formando-se rápido sob as bochechas, e a dor alucinante lhe deu a certeza de que aquele golpe lhe havia rompido as gengivas e destruído um dente. Engasgou-se com o grito e tossiu, pensando no quanto ainda aguentaria. Pendeu a cabeça para um dos lados e conseguiu cuspir o sangue que se formava, denso, em sua boca.

— Me deem um pouco de água, por favor — suplicou. — Pelo amor de Nossa Senhora Aparecida, eu peço que me deem um gole de água.

— Não bota Nossa Senhora no meio disso, comunista filho da puta — gritou um dos alunos, mais exaltado.

— Calma, pessoal — disse o chefe. — Deixa ele se acudir de quem ele quiser. Porque ele sabe que, aqui dentro, não tem ninguém pra ajudá-lo. Nem Nossa Senhora, nem Jesus Cristo, nem todos os santos reunidos. Ele sabe que só depende dele — depois, olhando o corpo pendurado de Raul: — Nada de água, malandro. Primeiro, as respostas. E se disser que não sabe, vai aumentar a porrada, que eu também já estou perdendo a paciência! Me diz: quem estava no carro de apoio? E onde vocês conseguiram as armas?

Raul apenas deixou a cabeça pender, vencido por tudo, e não conseguiu dizer nada.

Raposo, então, pegou o alicate que estava disposto sobre a mesa e, mostrando-o, perguntou ao chefe:

— Posso?

— Pode — a voz do maioral parecia a de quem autoriza uma criança a tomar sorvete.

O torturador encaixou com certo cuidado o alicate no dedo mínimo do prisioneiro e apertou-o com força num movimento rápido. Raul gritou sem dizer nada, um urro animal, e naquela hora pensou que fosse perder os sentidos. O homem então afrouxou o alicate, apenas para apertá-lo novamente ainda com mais força, enquanto, dançando com a mão, fazia com que o aparelho torcesse o dedo de Raul de um lado para o outro. Permaneceu assim por trinta segundos, talvez um minuto, torcendo e apertando o alicate e percebendo a massa de sangue que se formava ao redor do dedo do prisioneiro, até que o chefe fez-lhe novamente um sinal para que cessasse.

— Vamos lá, Raul. Já resistiu, já gritou, já mostrou que é macho, que é duro na queda, tua barra não vai ficar suja com os companheiros porque eles já tiveram tempo de arrumar outros esconderijos. Agora dá pra contar o que tu sabe.

A voz de Raul saiu fraca, pastosa de sangue, derrotada:

— Mas eu não posso contar, não sei de nada. Eu juro: não sou quem vocês estão pensando!

— Ah, e quem tu acha que nós tamos pensando que tu é? — perguntou o delegado, divertido.

— Eu não sei... um cara parecido comigo. Eu sou só um bancário!... — conseguiu dizer Raul, a voz num sussurro espremido.

— Isso não quer dizer nada. Tem um bancário preso por causa do sequestro do cônsul. Colega teu, e comunista! Conta aí, que tá chegando a tua hora.

Chegando a tua hora, pensou Raul, sem saber o que o homem estaria querendo dizer. Qual o tamanho desta frase, até onde ela chegava? Tentava pensar nisso, organizar qualquer resposta, quando um golpe seco e duro no joelho lhe cortou pela metade o raciocínio e o fez uivar com a força que já não tinha. Era Raposo, voltando à carga, desta vez com o bastão de madeira, e rindo feito criança ao ganhar brinquedo novo. O homem apenas esperou que o grito de Raul diminuísse e bateu novamente, e o chefe percebeu, com alguma apreensão, que o subordinado não esperava esse tempo por qualquer comiseração ou dó, mas sim para melhor escutar o uivo de sofrimento.

— Cuidado com o teu brinquedinho aí, Raposo! Não vai desmontar ele antes da hora! — e novamente todos riram. Quando parou de rir, Raposo olhou para o chefe, como se desejasse saber se era hora de perguntas ou de tortura, e foi com certa decepção que percebeu o sinal para que esperasse.

— Quem tava no carro de apoio do sequestro? Tu e quem mais? — perguntou o chefe a Raul.

— Não sei, doutor! Eu não sei de sequestro nenhum — a voz era cada vez menor, apenas um gemido.

Um sinal, o golpe, o grito.

— Quem tava no carro de apoio? Tu e quem mais?

— Não sei, doutor — já não havia voz.

Outro sinal, outro golpe — mas nenhum grito. Raul era apenas massa pendurada, olhos fechados e desistidos.

O chefe disse a Raposo que parasse por um tempo, depois ordenou a um dos grandalhões que pegasse o balde e despejasse um pouco de água sobre o prisioneiro para reavivá-lo.

— Mas não na boca, lembrem da aula do doutor Pablo — orientou ele. — Ainda não tá na hora dele beber água.

O brutamontes pegou o balde, e foi com cuidado que despejou seu conteúdo sobre o corpo inerme do prisioneiro. Raul tremeu quando aquele gelo bateu em sua nudez indefesa, mas não deixou de ter certa sensação quase delirante e momentânea de prazer, banho que removia um pouquinho da crosta suja em que seu corpo estava transformado. A água respingou no solo e depois foi se espalhando aos poucos, escorrendo lenta, misturada ao vermelho pastoso do sangue, sem ruído.

O corpo de Raul começou a tremer sem controle, aumentando a dor dos punhos e tornozelos, pelos quais estava pendurado — dor que Raul já parecia quase não sentir, de tanta que era, e de gastos que já estavam os seus gritos e choros. Era um tremor sem destino, inteiro abandono, como se estivesse em permanente choque, a vida do prisioneiro à mercê de seus verdugos.

Os homens observaram aquele corpo tremendo durante um tempo, apenas aguardando o que poderia acontecer. Raul sacudiu-se ainda por quase um minuto; então parou. Aos poucos, como se recobrasse a consciência e o medo, recomeçou a gemer — baixinho, débil, fio de lamento tentando seguir. Depois, nem isso: notava-se a vida apenas pela respiração profunda e desordenada.

O chefe fez outro sinal aos homens para que prendessem novamente os fios da maricota no corpo de Raul. Um deles foi fixado na ponta de seu nariz; o outro, nos testículos. Ele convulsionou brevemente ao pique das pequenas garras, nada mais. Raposo colocou a mão na manivela do aparelho, ansioso, apenas esperando a autorização para girá-la.

— Vou fazer mais uma vez a pergunta. Te dou mais uma chance: quem tava contigo no carro de apoio?

Raul não conseguiu falar. Sacudiu a cabeça, aceno débil dizendo que não — um não que dizia não sei, não era eu, mas que também dizia não tenho mais força, não façam mais isso, eu não mereço, ninguém merece, não aguento mais. Um não que parecia adeus.

— Quem? — o grito do chefe, e o mesmo silêncio.

Raposo nem esperou o sinal superior. Girou com violência a manivela, disposto talvez a uma carga que aniquilasse de vez o inimigo, e o corpo úmido e ensanguentado de Raul deu novo salto, um único, enorme, silencioso espasmo que poderia alcançar o teto escuro da sala se não estivesse tão preso à barra de tortura. Mas de sua garganta não saiu nada além de um arfar sem som e sem importância. Depois, o vazio.

Os quatro homens estudaram a respiração do prisioneiro e, após certo tempo, constataram que ela ainda estava ali. O chefe sacudiu levemente o corpo suspenso, cuidando para não encostar no sangue, e comentou com os outros, brilho irônico no sorriso dourado:

— Olha o estado do sujeito. Tudo porque não conseguiu responder uma pergunta. Uma só! Comunista e burro! Burro!

A seguir, ordenou:

— Esse aí não vai falar nada agora. Soltem ele e levem o pacote de volta pra cela.

Os dois homens mudos avançaram para cumprir a ordem, mas Raposo colocou resoluto a mão sobre o braço do superior, estancando os passos dos colegas.

— Chefe! Só mais um pouco! — ele pediu, olhar súplice.

— Não, Raposo. Ele tá muito estropiado.

— Só mais uma vez! — insistiu Raposo, olhos em chama. — Deixa eu só enfiar os fios no rabo dele e ver o que acontece!

O superior pensou um pouquinho, depois concordou: não havia mal em dar esta pequena alegria ao subordinado.

— Mas uma vez só! — determinou. — Depois, levem ele pra descansar na cela.

Raposo deu um breve urro, algo assemelhado a uma risada disforme, e pegou de imediato os dois fios de metal, como a dizer aos companheiros que aquele serviço era só dele. Fremente e balbuciando expressões de gozo, colocou-os com violência no ânus do prisioneiro. Depois, girou a manivela com toda a rapidez que pôde, e sua excitação era tanta que sequer percebeu que aquele choque já invadia a vergonha e as entranhas de um corpo desmaiado.

CAPÍTULO 18

PORTO ALEGRE

21 DE JUNHO DE 1970 - DOMINGO

INÍCIO DA DECISÃO

Quando o alemão Rudolf Gloeckner apitou o início da partida, o bar inteiro pareceu emitir uma espécie de frêmito comum, um "oh!" que deveria estar sendo repetido, com sotaques e vozes diferentes, por todo o país. O carcereiro fechou os olhos por instantes, contrito e esquecido do mundo ao redor, depois beijou despreocupadamente a medalhinha de Nossa Senhora Aparecida pendurada em seu peito, olhando para Raul como que a desafiá-lo.

— Rezando pela vitória do Brasil — disse ele, apontando a medalha. — E pedindo que minha madrinha, Nossa Senhora Aparecida, nos ajude — depois, olhos ainda em desafio: — E tu, tem alguma madrinha ou santo protetor? Reza de noite?

— Rezo todas as noites para a minha madrinha, Nossa Senhora Aparecida — respondeu Raul, olhando para baixo.

— Bem que faz. Tem que rezar, mesmo — comentou o carcereiro, com ironia. — Mas hoje não se fala em religião, só em futebol. Hora de torcer e pronto! — e gritou: — Pra frente, Brasil!

O bar — o país — estava confiante: a Seleção tinha vencido todas as partidas anteriores, e algumas de suas atuações tinham sido memoráveis. Brasil e Inglaterra já era considerado pela imprensa nacional como o melhor jogo da história das copas — ah, a defesa espetacular de Gordon Banks, o golaço de Pelé! E agora, o tricampeonato parecia ser questão de aguardar mais noventa minutos.

Só Raul não sabia disso.

Impossível torcer quando lembrava que, ainda naquela manhã, estivera no meio de um inferno que talvez não terminasse nunca — a prova estava sentada ao seu lado, xingando os italianos como todos os outros do boteco, cidadão de bem. O carcereiro torcia sem freios, comentando o jogo e gritando alto — se alguém se incomodasse, o problema era desse alguém. Até que, de repente, interrompeu os gritos e olhou com certa surpresa para Raul.

— E tu, não torce?

Raul fitou o carcereiro e pareceu perceber a provocação da pergunta. Melhor inventar logo uma desculpa, pensou.

— Claro, claro que torço... é que no começo do jogo eu fico meio que analisando os times, vendo como eles jogam...

— Chega de analisar, rapaz! Vocês analisam demais! — e deu uma gargalhada, saboreando o próprio comentário. E, acertando no braço esquerdo de Raul um tapa que pretendia ser amistoso, fez o convite com jeito de ordem: — Agora é hora de torcer!

Raul esgarçou a boca naquilo que tentava parecer um sorriso, depois voltou os olhos para a televisão: Pelé driblava um italiano naquele instante.

— Esse negrão é um gênio com a bola! Quando se joga futebol desse jeito, não se precisa de mais nada! Nem de votar se precisa... — e cutucou o ex-prisioneiro com o cotovelo, talvez esperando um comentário. Depois olhou sério para Raul e falou baixo: — Até porque o povo brasileiro não sabe votar.

Raul nem soube o que responder.

Aos dezoito minutos, logo após a cobrança de lateral, Rivelino cruzou alto para Pelé que, subindo num terceiro andar imaginário, venceu Albertosi com uma cabeçada mortal e marcou o centésimo gol brasileiro na história das copas: Brasil, um a zero! O Estádio Azteca rugiu, o Brasil rugiu; o bar da Osvaldo Aranha também. Levantaram todos num salto, uníssona vibração, gritando o gol que abria caminho ao título. Raul gritou junto com os outros, um pouco porque estava mesmo tentando relaxar e outro tanto por medo, esse medo que já não o abandonava: o homem ao seu lado, berrando feito alucinado e xingando os italianos como se estivesse no meio de uma guerra, certamente encontraria espaço em sua comemoração para ladear os olhos e observar a reação do ex-prisioneiro. E o grito de Raul não conseguia ter a alegria descompromissada dos demais.

Alguns frequentadores do bar ensaiaram a cantoria do *Eu te amo, meu Brasil*, de Dom e Ravel, mas foram contidos pelas vaias bem-humoradas dos demais: não era a hora ainda; muito jogo pela frente.

— Pessoal sem noção, esse! — comentou o carcereiro. — Tem que cuidar esses italianos até o fim do jogo!

— Sim — respondeu Raul, olhos fixos na televisão: o Brasil seguia melhor, mas a Itália não estava morta em campo.

Tanto que, aos trinta e sete minutos, num vacilo da retaguarda brasileira — com Clodoaldo tentando o passe de calcanhar e cometendo um de seus únicos erros na Copa inteira, Félix saindo em atropelo e se batendo com os zagueiros —, Boninsegna aproveitou e, da entrada da grande área, acertou um chute rasteiro no gol vazio. A bola entrou preguiçosamente, como se de alguma forma não quisesse fazer parte daquele empate, enquanto Félix e a defesa corriam atrás dela em passos insuficientes e o boteco da Osvaldo caía num silêncio repentino e decepcionado. A Itália, contra qualquer previsão brasileira, havia empatado o jogo.

— A gente vira, a gente vira! — gritou o carcereiro para todo o bar, esquecido de que o Brasil começara vencendo. — Vamos terminar com esses carcamanos! E viva o Brasil! Viva o Brasil, sempre! — gritou ainda mais forte, olhando Raul como se estivessem apenas os dois no boteco.

O primeiro tempo terminou igual, e o último lance fez com que a lanchonete inteira xingasse Rudolf Gloeckner: Pelé marcou o gol do desempate, mas o juiz apitou o fim da etapa enquanto a bola ainda estava em seu curso.

— Alemão filho da puta! — berrou o carcereiro, veias saltadas na garganta. E novamente olhou para Raul: — Não é um corno este juiz?

— Filho da puta — repetiu Raul, baixinho, olhos no chão, o xingamento indefinido. Depois, como se não soubesse o que fazer, chamou o garçom: — Me vê mais uma cerveja.

Quando a bebida chegou, Raul pagou e perguntou onde era o banheiro. O garçom indicou uma porta corrediça no fundo da lanchonete.

— Vou tirar a água do joelho pro segundo tempo — comentou ele, tentando uma naturalidade impossível.

— Vê se não foge — falou o carcereiro, à guisa de piada.

Raul entrou no banheiro pensando no comentário do homem. Fugir — a palavra que ele havia usado. Aquilo que os prisioneiros tentam fazer. Fugir da prisão, do cativeiro, da cela, do castigo. O homem não havia dito "vê se não vai embora" ou "vê se não te manda". Não. Ele havia dito "vê se não foge", porque essa era a maneira de dizer a Raul que ele ainda estava na prisão e seria sempre assim.

A vida como prisão a partir de agora.

Raul respirou fundo enquanto urinava naquele mictório apertado e ficou ali parado um tempo, olhando-se no espelho encardido em cima da pia: ficaria o máximo possível ali dentro, sem precisar conversar ou olhar para o carcereiro, e quando o jogo terminasse, qualquer que fosse o resultado, esperaria o homem sair e então tomaria o caminho contrário. Até que umas batidas fortes e urgentes na porta invadiram o seu silêncio:

— Ô, meu! Tem mais gente querendo mijar!

Havia quatro homens na fila, que zoaram com certa grosseria à saída de Raul. Ele fingiu não perceber; não queria confusão, desejava apenas que as nove da noite chegassem logo para abraçar a mãe.

— Precisei tomar tua cerveja — disse o carcereiro, a voz pastosa, enquanto erguia a garrafa vazia. — Ela tava esquentando. Tem que pedir outra — e riu alto do comentário, da piada, da provocação, da ordem, do medo adivinhado nos olhos do outro.

— Tudo bem — concordou Raul, sem opção. — Só deixa eu ver se ainda tenho dinheiro.

— Tem, sim. — E falando baixinho: — Tua carteira tava cheia, que eu sei.

Quando a nova cerveja chegou, o segundo tempo estava começando, e o bar inteiro já se alvoroçava em direção àqueles quarenta e cinco minutos decisivos, olhos nervosos na imagem em preto e branco da televisão. Ótimo, pensou Raul — talvez assim o homem ao seu lado o deixasse em paz. Raul: o único em toda a lanchonete para quem o jogo, naquele dia, não tinha importância.

Tão triste, tão triste.

A ansiedade do bar durou até os vinte e um minutos. Nessa hora, o capitão Carlos Alberto lançou o canhotinha Gerson e a bola sobrou para o furacão Jairzinho. Ele foi desarmado, mas a pelota ficou novamente com Gerson, que driblou um adversário, ajeitou para a perna esquerda e meteu um tirambaço que entrou no cantinho do gol de Albertosi. A lancheria tremeu novamente, grito de alegria e força, o fantasma do empate sendo expulso a patada.

Todo mundo gritou, menos Raul: naquele instante, olhos na televisão e alma em desespero, só pensava no medo sem nome que agora sentia e continuaria sentindo, na ameaça sorridente sentada ao seu lado. Quando o bar inteiro pulou em alegria, ele se assustou. Depois pulou também, em grito de "gol" desanimado, apenas para que o carcereiro não lhe percebesse a distância e, de alguma forma, começasse a inquiri-lo. Mas seu pulo não foi suficiente: passada a euforia do desempate, quando a bola já começara novamente a rolar na Cidade do México, o carcereiro olhou para Raul com os olhos profissionais da prisão e perguntou se ele não estava gostando do jogo.

— Tou, sim — respondeu Raul, acuado.

— Então por que não torce? — a mirada do carcereiro era mandatória. Raul lembrou dos adesivos que circulavam em alguns carros sem que nunca lhe parecessem ter muito sentido — "Brasil, ame-o ou deixe-o" — e o fato é que agora, repentinamente, eles não faziam mais sentido algum. Mas responder o quê ao homem ao seu lado, que aguardava a resposta com um olhar semelhante aos que lhes davam nas sessões de tortura?

A indecisão de Raul foi salva pelo jogo: Gerson fez um lançamento preciso, pintura que caiu exatamente em Pelé, e este, num toque único de cabeça, escorou para Jairzinho, que vinha como bólido em disputa contra um atabalhoado zagueiro italiano. Jairzinho deu um toque na bola, meio bico de pé, quase sem jeito, e ela foi entrando devagar na meta do triste Albertosi, selando um tricampeonato que já estava desenhado e fazendo com que o ponta-direita do Brasil alcançasse a proeza de marcar gols em todas as partidas do time na Copa. Milhões de pessoas, no Brasil e no México, explodiram sua alegria num grito comum e que já era de campeão. Raul, que ainda pensava em como responder à provocação do carcereiro, foi de novo surpreendido pelos berros, e tratou de disfarçar sua alegria inexistente com os talentos de ator que não tinha. Uivou um grito de "gol" que mais parecia choro, chegando a assustar um pouco aos que estavam próximos, e de repente começou realmente a chorar.

— Que é isso, rapaz? Não vai me dizer que é fresco? — gozou o carcereiro frente às lágrimas súbitas do outro, interrompendo por instantes sua própria comemoração.

— Não, me desculpa... — gaguejou Raul. — Não sou fresco, não, é que... muita coisa acontecendo ao mesmo tempo... — respondeu ele, sem saber o que dizer. Sem saber o que poderia dizer.

— Que muita coisa o quê, rapaz! Hoje só tem uma coisa: Brasil tricampeão! O resto não existe. Entendeu? Não existe! — e separou bem as sílabas da última frase, enquanto encarava Raul sem dizer outra palavra: não lhe parecia necessário.

O prisioneiro entendeu o recado e, no limite frágil de seu desequilíbrio, soube que precisaria se controlar: controlar o medo, as lembranças, as dores, a memória, a aflição que era aquele homem de olhos cada vez mais violentos sentado ao seu lado.

— Paga mais uma cerveja aí, pra te acalmar — ordenou o carcereiro.

Raul fez menção de levantar o braço para chamar o garçom, mas o outro o impediu com um breve tapa.

— Deixa comigo. Se tu pedir, a cerveja só vai chegar na final da próxima Copa do Mundo! — Depois gritou, atravessando a partida e sem se preocupar se o volume da voz incomodava alguém: — Ô, meu! Me vê mais uma gelada aqui na mesa! E ligeiro!

O garçom trouxe a cerveja e em silêncio deixou-a na mesa, mandando ao cliente um olhar sugestivo, misto de dúvida e afirmação, como se perguntasse por que Raul não saía logo de perto daquele canalha. Mas Raul desviou os olhos: serviu a bebida para si e ao carcereiro, pensando que aquele jogo, naquele bar e naquela companhia, parecia uma extensão esportiva das sessões de tortura. Seu parceiro de mesa esvaziou o copo de uma vez só, fazendo um ruído de satisfação enquanto o depositava sobre a fórmica branca; depois, certa chama maligna aparecendo aos poucos em seu rosto, ordenou a Raul que o enchesse novamente e voltou sua atenção meio bêbada para os minutos finais da partida. E assim permaneceu, apenas bebendo e olhando o jogo, num silêncio cheio de ódio, até que uma obra de arte se construiu à frente de todos.

Tostão roubou a bola de um adversário e rolou-a para Piazza. O zagueiro tocou-a para Clodoaldo, que passou-a a Pelé e este a Gerson, que devolveu-a ao volante. Clodoaldo, decidido a apagar a besteira involuntária que fizera no primeiro tempo, levantou ainda mais o Azteca driblando um, dois, três, quatro italianos e tocando a bola para Rivelino. Clodoaldo gritou "toca no Jair" e Riva obedeceu: lançou o Furacão, que ganhou a dividida de Facchetti e deixou a bola com Pelé. O rei do futebol fez aquilo que para ele era simples, mas que ninguém mais faria: deu apenas um toque, passe emocionante para um Carlos Alberto que surgiu do nada (estava visível apenas aos olhos geniais de Pelé) e acertou o chute com a força de uma locomotiva, vencendo outra vez um goleiro que já estava vencido. Era o quatro a um, vindo com um gol que mereceria moldura e que concedia àquele tricampeonato a condição de obra-prima.

Foi um êxtase. O bar pulou de novo, agora comemorando o gol e o campeonato, e o carcereiro, num impulso, abraçou seu ex-prisioneiro com a força de quem estava acostumado a bater. Raul se assustou e deu um breve grito de dor; os machucados da tortura ainda estavam muito à pele.

— O que foi, rapaz? Não tá feliz?— o carcereiro esqueceu imediatamente a sua comemoração, a vitória, o mundial, e também não deu bola a que os outros reparassem no súbito volume de sua voz. Olhou para Raul com certa fúria refreada, como se o grito dolorido do outro fosse uma indelicadeza. Ou talvez fosse, pensou ele, o desabafo de alguém que não desejava que a seleção vencesse.

O grito de alguém que era contra o Brasil.

O berro de um comunista safado.

— Que nada! Muito feliz, claro!— Raul tentava manter a calma, mas sentia seu corpo tremer. Era um medo novo, ao mesmo tempo redivivo e interminável. — É que eu estou com o corpo todo meio dolorido — e, depois de um silêncio em que tentava escolher as palavras: — Andei me batendo. Acho que foi em casa, não sei.

— Tem que cuidar por onde anda — comentou o carcereiro, em voz baixa, como se fizesse questão de que apenas Raul o ouvisse. Também esperou um pouco antes de prosseguir, distante da comemoração dos outros, ameaça pulsante nas letras do conselho: — Tem que cuidar muito por onde anda. Muito!

E então ficou em silêncio, alheio aos minutos finais da partida, em que os brasileiros apenas tocavam a bola e o bar inteiro, como tantos outros em Porto Alegre, gritava "olé" e começava a entoar os versos ufanistas de Dom e Ravel: "Noventa milhões em ação / Pra frente, Brasil / Salve a seleção"... Raul, sem saber o que fazer e desejoso de mostrar que também torcia, começou a cantar junto com os outros, mas o peso da mão do carcereiro em sua perna o impediu:

— Fica quieto, não canta — a voz do homem mandava. — Quem não sente a música no coração não pode cantar.

— Mas eu sinto... — quis protestar Raul.

— Não — o outro cortou. — Não sente, não.

E foi numa mudez angustiada que Raul viu o Brasil conquistar a Copa pela terceira vez. Quando o alemão apitou o final da partida, o bar inteiro, que já estava vibrando, gritou ainda mais alto. O carcereiro deu apenas um longo berro de comemoração, chamando de filhos da puta a todos os jogadores italianos, toda a delegação, toda a torcida, todo o país. Depois, com voz bêbada, determinou a Raul que fosse embora.

— Vai andando, não fica aqui. Segue o teu caminho. Teu lugar não é junto com quem torceu pelo Brasil. Pega teu rumo, Raul — e ele escandiu as sílabas da última frase, como se fosse um recado: a qualquer tempo e quando quisessem, eles saberiam de Raul muito mais que o nome.

— Mas não... — quis protestar Raul.

— Vai, rapaz! Agora! Nem olha pra trás — e, num gesto furioso, que abarcava a euforia da lanchonete: — Deixa os brasileiros de verdade comemorarem — e, enquanto Raul se dirigia ao caixa para pagar a última cerveja, ainda atônito com sua própria falta de alegria, o carcereiro pensou que não deveriam tê-lo soltado. Não vibrou nenhuma vez, pensou ele, então é comunista mesmo.

Amanhã contaria isso ao chefe. Era preciso seguir de olho naquele comuna. Talvez fosse preciso prendê-lo outra vez.

CAPÍTULO 19

PORTO ALEGRE

18 DE JUNHO DE 1970 - QUINTA-FEIRA

MANHÃ

Desculpa, vizinha, o fato de eu estar o tempo inteiro incomodando aqui na tua casa, mas o meu desespero é tanto que parece que preciso sempre conversar com alguém, ter alguém por perto, tentar me distrair. Mesmo sabendo que isso é impossível, sabe? Porque não tem um segundo só em que eu não pense no Raul, como ele estará, onde ele estará. A incerteza de não saber nada sobre o meu filho, o meu amado. Então, a vontade que eu sinto é de desaparecer também, estar onde não estou, sair caminhando sem rumo e sem pensar em nada — como se eu conseguisse! —, porque acabei de descobrir que, se existe alguma dor maior do que a de ter um filho morto, é a de ter um filho desaparecido. A incerteza desta dor, a incerteza! Só queria encostar no meu filho, embalar meu filho, ao menos enxergar o Raul e, de repente, do nada, este martírio que não termina, esta noite sem dia, esta treva, a escuridão, todas estas perguntas sem resposta. Polícia, jornal, igreja, hospital, necrotério — já fui em todos esses lugares, ou telefonei para lá, e nada! Nenhuma informação que seja, nenhuma! Ninguém sabe! Aliás, não esquece de me passar a conta do telefone quando ela chegar, não quero abusar da amizade. E é por esta amizade que estou aqui, te incomodando, atrapalhando o correrio do teu dia a dia, tu precisa fazer as tuas coisas e fica me atendendo, eu só chorando e me lamuriando, mas sei que tu me entende. A dor, ai, tanta a dor! É por isso que não saio da tua casa durante o dia, mas também é por isso que não aceitei os teus convites para dormir aqui durante a noite. Querida, teu convite me emocionou tanto, um conforto neste meu inferno, mas eu não podia aceitar. Se aceitasse, ninguém mais na tua casa ia dormir, porque eu fico vagando a noite inteira, andando de um lado para o outro, chorando alto às vezes, sem conseguir pegar no sono. Não sei mais há quanto tempo não durmo. Porque é o que eu faço, atravesso a noite em claro, como se fosse um fantasma. Fico pensando no frio que está fazendo, o gelo destas noites, o frio tanto que meu filho deve estar passando, e o que mais me apavora é que torço para que isso esteja acontecendo, porque significa que, ao menos, ele está vivo. Ai, o meu filho. Olho a cama do Raul com a colcha bem estendida, as coisinhas todas dele, arrumadinhas com capricho, as roupas guardadas no armário, a coleção de revistas de futebol empilhadinha num canto ao lado da porta, o rádio no criado-mudo, e só consigo me perguntar se ele ainda vai dormir naquele quarto. E logo tento me consolar, dizendo a mim mesma que é claro que vai. E também me pergunto por que isso está acontecendo, e por mais que me esforce não consigo nem imaginar resposta. Nunca fiz e nem desejei o mal para ninguém. E o Raul é igual. Tu sabe como criei meu filho, o guri bom que ele é. Nem sair quase de casa ele sai, muito raramente dá uma volta por aí. Mas ai, para ti eu posso dizer. Não comentei isso nem com a polícia, nem com o padre, nem no jornal, nem com ninguém, mas contigo eu posso falar. Eu tenho, sim, um medo. Um pouco de medo. Porque a gente educa, educa, mas nunca conhece por inteiro uma outra pessoa. A rua, as companhias, o jornal, o rádio, até a televisão, isso tudo influencia. O meu filho não é diferente. E às vezes essas influências não são boas, por isso eu tenho este medo. A gente vê as notícias, escuta as coisas e sempre imagina que só acontece com os outros, mas quem sabe? Então eu tenho o medo de que o meu filho possa estar envolvido com algum desses grupos de comunistas, esses guerrilheiros, como chama? Os subversivos, isso! Pois é, só digo para ti, nunca comentei com mais ninguém. E na verdade nem é uma desconfiança, porque eu puxo da memória e não encontro nada que possa me fazer pensar assim, e nunca encontrei nada de comunista nas coisas dele. Mas não sei, nunca se sabe, e aquele sumiço repentino da namorada... eu te confesso que sempre achei ela meio atirada, bem que pode ser dessas guerrilhas. E a verdade é que o meu filho sumiu, e eu me obrigo a pensar que tudo pode ter acontecido — até ele ter se bandeado para um desses grupos de bandidos. Já pensou, vizinha, o Raul metido numa coisa assim? Queira Deus e Nossa Senhora Aparecida que isso seja só uma bobagem de mãe desesperada e que daqui a pouco ele apareça e me explique tudo direitinho e que o meu coração possa finalmente desapertar e respirar outra vez. E aí esse vai ser o dia mais feliz da minha vida: o dia em que o Raul voltar e eu descobrir que ele não está envolvido com esses comunistas.

CAPÍTULO 20

PORTO ALEGRE

19 DE JUNHO DE 1970 - SEXTA-FEIRA

APÓS A SESSÃO DE TORTURA

Raul era um quase nada sangrento e malcheiroso, deitado no chão. Os homens o haviam arrastado de volta à cela, trilha de sangue e merda pingando no caminho, e, numa espécie de momentâneo rasgo de dó, tinham-no deixado cair com certa leveza sobre o colchonete. O corpo, no entanto, esparramou-se sozinho sobre o piso úmido, avermelhando o cimento, e nenhum dos homens quis sujar as mãos para levantá-lo. Depois, saíram da cela, sem dizer nada; apenas o carcereiro permaneceu um tempo curto no corredor, como se esperasse qualquer movimento do prisioneiro, e então desistiu — o outro que padecesse sozinho em sua teimosia.

O corpo permaneceu inânime ainda por alguns minutos; depois, muito aos poucos, começou fracamente a voltar a si. Raul arrastou-se para o colchonete e, por uns segundos, gozou o conforto mínimo que a espuma molhada lhe oferecia, agradecendo a Deus e à Nossa Senhora Aparecida por estar vivo e conseguindo pensar. Ficou assim, quase sem se mexer, os olhos fechados, apenas sentindo-se respirar e certificando-se de que todas as partes do seu corpo ainda existiam. Mexeu levemente os pés e as pernas, gemendo baixinho, o corpo num formigamento desconhecido; tentou levantar os braços, mas não conseguiu; mexeu as mãos doloridas e sentiu a viscosidade triste de seu sangue, os dedos ainda amassados; abriu os olhos, quase como um martírio; sacudiu com vagar a cabeça, de um lado para o outro, cuidadosamente, e o pescoço pareceu desnucar. Quis enfrentar a dor, dizendo a si mesmo que ia passar.

Mas não passava, era intensa e doía como se ainda agora lhe aplicassem os golpes.

Dor para sempre.

Raul ficou sem se mexer durante quase uma hora, no ar empestado da cela, porque cada movimento era sofrimento novo, até que a sede que sentia se tornou insuportável. Arrastou-se até a pia e, juntando forças que nem sabia ter, ergueu-se em direção à torneira. Abriu-a e, como de costume, a água salobra demorou a escorrer. Lavou o sangue meio seco das mãos em chagas, então colocou-as em concha sob o fio fino e escuro de água e levou a boca até elas. Doía, doía muito. A sede de náufrago foi se acalmando aos poucos, vagarosamente, enquanto bebia aquela água misturada ao sangue na velocidade pequena que seus goles fracos permitiam. Depois, sem saber direito como, tremendo com tanto esforço, apoiou a cabeça sobre a pia e deixou que a água fraca o revigorasse um pouco. Então lavou as pernas e a bunda tanto quanto possível, lentamente, fracamente, limpando-se com um pano úmido e deixando a água suja escorrer para dentro do balde e da pia. Demorou nisso uns quinze minutos, descansando a cada tempo.

Ficou assim enquanto suas pernas aguentaram, e então arrastou-se outra vez até o colchonete.

Olhos abertos e vidrados em direção ao teto escuro, deu-se conta, novamente, que não sabia se era dia ou noite. Mas isso já não fazia diferença.

E ali, tentando recuperar-se, Raul também buscava colocar um pouco em ordem os seus pensamentos. Porque já não sabia mais o que pensar. Não sabia há quantos dias estava naquela prisão, muito menos o tempo que ainda ficaria. E a incerteza era pior que isso, porque sabia que talvez não saísse mais. A crueldade daqueles homens não tinha com Raul o menor compromisso, nem ninguém lá fora (onde, lá fora?) possuía qualquer ideia de onde ele pudesse estar. Se quisessem matá-lo, se quisessem dar-lhe sumiço, se fizessem com ele o que bem quisessem, não havia nada a impedi-los — a não ser suas próprias e inexistentes boas vontades.

E por que lhe faziam tanto mal aqueles homens? Impossível que não soubessem que Raul era apenas um pobre coitado, um zé-ninguém qualquer, alguém sem a menor ideia de como havia acontecido o tal sequestro e sem maiores conhecimentos sobre qualquer assunto, a não ser o trabalho, futebol e banalidades. Era evidente que sabiam que Raul havia sido preso por engano e que não tinha nenhum envolvimento com qualquer grupo terrorista, comunista, subversivo, tupamaro, montonero, bolchevique (era assim que o chefe o tinha chamado, uma vez, toda a ironia na voz), nem fazia parte de célula ou aparelho montado para derrubar o governo.

E se era evidente que sabiam que Raul não era o homem que queriam, não havia razão para deixá-lo preso. Mas o deixavam e seguiam a interrogá-lo, a torturá-lo, fazendo tantas e tantas vezes as mesmas perguntas para as quais o prisioneiro não teria nunca qualquer resposta. Estou preso ainda agora, pensava Raul, apenas por maldade.

Até uns dias atrás, Raul nem sabia que existiam razões para alguém querer derrubar o governo. Tudo ia bem no país, bem como diziam a tevê, o rádio, os jornais. Vidinha regrada, e o que fosse além era assunto que não importava, que não lhe dizia respeito. Estes loucos dos quais às vezes ouvia falar, aqueles que assaltavam bancos e sequestravam gente, eram, para Raul, apenas isso mesmo: loucos.

Ou criminosos.

Criminosos, sim. Os jornais todos diziam isso, e quem era ele para contestar? E se não eram criminosos, por que lutavam? Raul não entendia.

Mas agora, encolhido num colchonete úmido, sangrando ainda e sentindo todas as dores, preso por engano e sendo torturado apenas por maldade, ele começava a entender.

CAPÍTULO 21

PORTO ALEGRE

20 DE JUNHO DE 1970 - SÁBADO

POR VOLTA DAS NOVE DA NOITE

VÉSPERA DA DECISÃO DA COPA DO MUNDO

Os quatro homens de plantão escutavam rádio e conversavam fiado, sem ter muito o que fazer, quando foram surpreendidos pela chegada inesperada do delegado. Um deles tirou logo os pés de cima da mesa e tratou de calçar disfarçadamente os sapatos, outro correu a baixar o volume do rádio. Mas o chefe não prestou maior atenção à corrida estabanada dos subordinados.

— Como é que tá o nosso preso? — perguntou, sem cumprimentar.

Os quatro se entreolharam, como se houvesse alguma charada naquele questionamento. Depois, um deles respondeu:

— Mais ou menos, chefe. Acho que ainda tá meio zonzo das bordoadas. Parece que não é muito forte o homem — e todos riram, menos o delegado: era sábado à noite, queria estar em casa com mulher e filhos e precisava estar ali, por causa do telefonema que havia recebido.

— Pois é. Amanhã a gente vai soltar ele. Por isso — e olhou para todos os quatro homens, com a severidade de um professor de ginásio — ninguém encosta a mão nele hoje à noite. Deixem ele se recuperar um pouco.

— Tudo bem, chefe. O senhor é quem manda — e os quatro se entreolharam, intrigados. — Mas se pode perguntar por quê? Ele ainda não cantou nada — e um dos homens apontou para o corredor escuro daquele centro clandestino de tortura, no qual Raul, por aqueles dias, era o único preso.

— Não cantou nada porque não sabe nada. É um trouxa inocente. Não participou de sequestro nenhum, não tem nem ideia do tal do cônsul, não sabe porcaria nenhuma. Ele é só aquilo que diz que é: um bancário bocó — e, depois de uma pausa preocupada: — E hoje prenderam o homem certo.

— O homem certo, chefe? — os quatro se surpreenderam.

— Sim, o homem certo — e mais não disse, esperando a pergunta.

— E o que é que isso pode significar? — perguntou o mais atilado dos quatro.

— Fácil: significa que nós prendemos o homem errado. Nós, não! Os incompetentes que estão sob as minhas ordens prenderam o homem errado! — e tamborilou com os dedos na fórmica da mesa, movimentos de violência refreada. — E vocês sabem que isso com certeza vai me dar problemas... Hoje mesmo já recebi um telefonema de cima que não me deixou nem um pouco contente... — depois, mirando fixamente os quatro homens com seus olhinhos fundos e sem cor: — Mas se der problema pra mim vai dar pra vocês também! Eu não vou deixar estourar a bomba só na minha mão! Assim, se preparem! — o homem dizia tudo aquilo sem alterar a expressão, parecia a fala no rosto de um morto.

— Mas como, doutor? Se nós pegamos o cara direitinho, no dia e na hora marcados?... — um dos homens se aventurou a perguntar.

— Pegaram errado e ponto!

Os homens na sala se entreolharam novamente e permaneceram todos, durante certo tempo, sem dizer nada. Os quatro subordinados sabiam que as iras do doutor eram das piores; não estouravam num momento único, mas sim iam se estendendo finas por tempos e tempos e se traduziam numa espécie de raiva fria, calculada, e que podia significar perseguições, transferências e geladeiras. Por isso, ficaram quietos, apenas esperando que desaparecesse aquele brilho furioso dos olhos cinzas do chefe.

Ele ficou batendo com os dedos sobre a mesa ainda por uns segundos, espécie de metrônomo da raiva, e depois deixou que a própria mão começasse a arrefecer os movimentos. Por fim, voltou à palavra.

— Enfim, a cagada tá feita, e vamos esperar pra ver no que vai dar. Espero que não dê nada, porque eu acho que tenho um crédito bom com os homens lá em cima.

Se não der nada pra mim, não vai dar nada pra vocês. Mas se der... vocês sabem que não tou aqui pra aguentar peso sozinho — depois, como se falasse para si mesmo: — Mas deixa assim por enquanto. E agora, vocês escutem bem o que eu vou dizer. Só vou falar uma vez, depois vou pra minha casa e é tudo com vocês — e olhou o relógio, como se indicasse a si mesmo que seu tempo ali, naquele sábado, já estava se esgotando.

Os quatro homens se aprumaram em suas cadeiras, prontos para receber as orientações do delegado.

— Prestem bem atenção — e recolheu as mãos da mesa, cruzando os braços como se tal movimento fortalecesse as ordens que daria. — Amanhã de manhã, lá pelas dez, vocês todos, todos os quatro, entenderam?, peguem o pobre coitado, devolvam as coisas dele, inclusive a carteira com o dinheiro, metam nele um capuz, coloquem no carro, deem umas voltas, andem uma meia hora, uma hora com bastante curvas e voltas pra deixar ele bem desnorteado, e depois, numa rua bem calma e deserta, podem soltá-lo. Só largá-lo, bem de mansinho. E não façam nada com ele, combinado? Nada, mesmo! Não quero que encostem nem um dedo nele!... — e olhou significativamente para Raposo, um dos homens que estava no plantão. — E, durante o passeio, sem muita conversa com o rapaz! Não falem logo que vão soltá-lo, porque é preciso que ele fique com medo até o fim, que não se assanhe muito, não se alegre demais. E mais: façam ele saber, bem claro, que não pode nunca nem comentar com ninguém este tempinho que teve hospedado aqui conosco — os homens riram desta piada recorrente, repetida a cada novo preso que aparecia.

— Quer dizer: que ele saiba que nunca teve aqui. Mesmo que seja um lugar que ele não sabe, não conhece e nem nunca vai conseguir localizar — e apontou o dedo às paredes encardidas da sala. — Por isso, quero que vocês deem bastante voltas e fiquem um tempo rodando, deixem bem claro que ele nunca teve aqui. Nunca. Em resumo: ele nunca teve preso, nem nada. É preciso que ele saiba que a gente pode ficar de olho nele a vida inteira e que se ele não se comportar direitinho, a cobra vai fumar. E ele que invente a história que vai contar pra mãe dele. Entenderam bem?

Os homens assentiram, num silêncio obsequioso. Um deles, no entanto, perguntou se não poderiam fazer o serviço naquela hora mesmo.

— A gente se livra dele agora mesmo e fica tudo certo — justificou.

— Não — respondeu o chefe.

— É que amanhã tem o jogo...

— Sim, eu sei. Eu vou assistir, é claro. Aliás, todo mundo vai.

— Pois é... a gente também gostaria de assistir... Talvez não dê tempo...

— E eu com isso?

— É a decisão da Copa, chefe... Brasil e Itália.

— Amanhã de manhã, às dez — cortou o chefe. — Não fui eu quem fez a bobagem, não sou o cara que vai pagar. E quero os quatro fazendo isso. Todos os quatro. Vou telefonar pra cá às dez em ponto e quero falar com vocês todos. E vocês que se virem com essa coisa do tempo — e todos entenderam que naquela determinação podia estar o começo de um castigo.

CAPÍTULO 22

PORTO ALEGRE

21 DE JUNHO DE 1970 - DOMINGO

LOGO APÓS O JOGO

BRASIL, TRICAMPEÃO MUNDIAL DE FUTEBOL

Raul obedeceu a ordem do carcereiro e, no meio de toda a euforia do bar e da cidade e do país, andou em direção ao caixa sem olhar para trás, apavorado por tudo e, mais ainda, porque o outro fizera questão de pronunciar seu nome. Raul, dissera o homem, certo gozo ao pronunciar cada letra.

— Ué! Não vai ficar pra festa? — perguntou o garçom, eufórico.

— Não, não — respondeu Raul, enquanto alcançava o dinheiro ao garçom. — Estou um pouco enjoado.

O homem fez um sinal pequeno de concordância. Depois, dirigindo o olhar furtivo em direção ao carcereiro, comentou em voz baixa:

— Tem companhia que deixa a gente meio enjoado.

— Não! — respondeu Raul, entendendo (o medo!). — É que eu tou um pouco ruim do estômago, mesmo...

— Também, com o tanto que comeu!... — brincou o homem, enquanto devolvia o troco ao cliente.

Raul sorriu sem vontade e pensou se ainda teria, ao menos nos próximos tempos, qualquer desejo de sorrir. Depois, colocando o dinheiro no bolso, despediu-se do garçom e saiu da lanchonete, passos meio trêmulos. Quando chegou à rua, naquela cidade que parecia não ser sua, a luz do dia feriu novamente os seus olhos derrotados.

O sol, a claridade, pensou.

Esta cegueira.

CONSELHO EDITORIAL
Eduardo Krause, Gustavo Faraon, Nicolle Garcia Ortiz, Rodrigo Rosp e Samla Borges
REVISÃO
Raquel Belisario e Rodrigo Rosp
CAPA E PROJETO GRÁFICO
Luísa Zardo
FOTO DO AUTOR
Thaís Lehmann

DADOS INTERNACIONAIS DE CATALOGAÇÃO NA PUBLICAÇÃO (CIP)

S359s *Schneider, Henrique.*
Setenta / Henrique Schneider. — 2. ed. —
Porto Alegre : Dublinense, 2024.
160 p. ; 19 cm.

ISBN: 978-65-5553-127-5

1. *Literatura Brasileira.*
2. *Romances Brasileiros.* I. Título.

CDD 869.937 • CDU: 869.0(81)-31

Catalogação na fonte:
Ginamara de Oliveira Lima (CRB 10/1204)

Porto Alegre • RS
contato@dublinense.com.br

Composto em MINION e impresso na PRINTSTORE,
em PÓLEN BOLD 90g/m^2, no OUTONO de 2024.